这本书出自一位具有崇高感和理想主义色彩的作家之手，是写给那些依然相信世界上有奇迹的人——哪怕世界上只剩下最后一个童心未泯的人，那就是给您的。

大作家牵手小读者

生我之门

高建群 著

陕西新华出版
未来出版社
·西安·

图书在版编目(CIP)数据

大作家牵手小读者：生我之门 / 高建群著.
—西安：未来出版社，2015.12(2024.7 重印)
ISBN 978－7－5417－5781－5

Ⅰ.①大… Ⅱ.①高… Ⅲ.①散文集－中国－当代
Ⅳ.①I267

中国版本图书馆 CIP 数据核字(2015)第 202145 号

生我之门 大作家牵手小读者

选题策划	陆三强
责任编辑	陆三强　高小雁
封面设计	许　歌
技术监制	宋宏伟
出版发行	未来出版社
	地址:西安市登高路 1388 号　邮编:710061
经　　销	全国新华书店
印　　刷	三河市金兆印刷装订有限公司
开　　本	880mm×1230mm　1/32
印　　张	7.5
字　　数	168 千字
版　　次	2015 年 12 月第 1 版
印　　次	2024 年 7 月第 8 次印刷
书　　号	ISBN 978－7－5417－5781－5
定　　价	46.80 元

序

讲一串故事给你听

再过两天,就是我的六十一岁的生日了。每年生日的这一天,我都要送给母亲一个红包。感谢她生了我,感谢她为我的来到人世上,疼过一回。现在生孩子,条件好多了,往医院里一住,有专业的人员帮助。六十多年前的农村,生孩子是一件难事,所以老百姓有“人生人,怕死人”的说法。生孩子又好像很随意,大部分是在土炕上就生了。有些女人邋遢,甚至把孩子生在茅坑里,好在那时是旱茅坑。我是生在自家土炕上的。就是那种用土坯砌的,冬天可以烧热的土炕。记得,奶奶常说个谜语叫我猜:一头老牛没脖项,有多没少都驮上;说的就是这种土炕。我生在黄昏,用母亲的话说,就是天麻糊黑，人喝汤的时候。用一把做衣服的剪刀，在青油灯的火苗上烤一烤，算是消毒，然后用这剪刀剪掉脐带，只听“哇”的一声哭声，这孩子就算出生了。人们说，母亲生我时，面无血色，脸色黄得像黄表纸，听到哭声，她欣慰地笑了，说：你把为娘可害苦了！唉，我又一个讨债鬼来了！

上面是我出生时的情况。而从现在开始，再过不到两个月，我的孙子或孙女就要出生了。他或她该生在羊年，是一个羊宝宝。说到这里，总让人有一种奇异的感觉，韭菜割过一茬又长一茬的感觉！

我对怀着我的孙子或孙女的这个准妈妈说，上帝造人用了六天时间，然后第七天休息，这就是一星期有七天的来由，也就是为什么人们用六天的时间工作，然后休息一天的原因。而你造人，怀胎十月，用了三百天的时间。从这个角度来讲，你甚至比上帝还要伟大一些，受的苦难还要多一些。

他或她就要来到人世了。让我且在这里向生命致敬，为生命礼赞！这个致敬和礼赞包括给他，同时也包括给每一个曾经的我们。我常常对人说，我们所以还有理由活在这个悲惨的世界上，就是为了他们。我们要让我们的后代幸福，要让他们不要有饥饿、寒冷和战争，要让他们有尊严地体面地活着。我们这一代人行将老去，这场宴席将接待下一批食客，而他们就是下一场人生大宴的食客。

我给这个世界的，只是一些书本。它们是我的思想，我的立言。我曾经不止一次地说过，我写得很难，每一个字落到纸上，都吭哧吭哧半天。这些书、这些小说是我留给世界的遗嘱，或者说遗产呀！

有一天，当他或她生活中遇到困顿了，那么，有遗嘱和遗产在那里。院子的一个角落，有棵石榴树，你从石榴树下往下刨，三尺地表之下，会有一个黑陶罐，那罐子里有一些金元宝，它可以帮你度过饥馑，或度过难关——当遗嘱或遗产这个字眼出现在文章中的时候，我眼前有了上面这番情景。

不过我是一个穷人，一介书生，我没有黑陶罐或金元宝留给后世。但是我有思想，我的这些书就是我的表达，我留给人类的不动产。它甚至也许更加珍贵和重要一些，人因为思想而强大，因为思想而处变不惊，而百毒不侵，而练就金刚不坏之身，而"帝力于我何有哉"！

巴尔扎克的《高老头》里有那么一个情节，当一位满面沧桑的老江湖给一位涉世不深的年轻大学生讲述这世界的真相后，大学生泪流满面，他走到阳台上，注视着城市的万家灯火，他感到自己的那一刻全身充满了力量，他对这个城市说："巴黎，谁怕谁？现在，让我们来决斗一场吧！"

我希望我的书（包括这本书）也是这样子的，给你以思想的铠甲，令你面对世界时，泰然自若。

感谢未来出版社。他们将我的这些文字，编撰成这样一本书，让它开始自己长着腿行走。我一直有一个想法，等我行将告别文坛的时候，我要用一到三年的时间，为孩子们写三部小的长篇，就像高尔基的《童年》《在人间》《我的大学》那样的书。

我的想法，是受了一位法国小说家，乔治·桑的影响，她晚年写了一部叫《比克多尔城堡》的小说，写一座城堡里的奇异故事。她在小说的开头说：亲爱的孙女呀，老祖母现在要给你讲故事了，我答应过你的，现在不抓紧讲就没有时间了。你们正处于幻想的年纪，相信这个世界上有奇迹和魔法的年纪，那就讲一个被魔法诅咒过的古城堡的故事吧。

同样的话，一个叫卡里姆的苏联作家也说过，他那小说叫《漫长漫长的童年》。他开宗明义说，我的这部小说，是给那些依然相信这个世界上有奇迹的人写的。哪怕这个世界上还有最后一个人童心未泯，那我这小说就是给他写的。我要写我们村子那些人物，那些高贵又滑稽的人物，那些卑微的如草芥如蝼蚁却又自命不凡的人物。这些我的童年人物，他们大部分都已经过世了，因此我现在可以动笔写他们了。

我想我告别的时刻，就用这样三本小书来告别。那情景一定十分美妙，像是诗。那将是我的三次挥手告别。

我正直地活着，崇高地活着，淡泊地活着，卑微地活着。我用一生的长度，守着一个文化人的本分。如果让我重新出生一次，我愿意还是生在那个土炕上，由一个做童养媳的卑微的农妇带到这人世。如果让我重新选择职业，我仍然愿意选择写作者这个职业，它让我在在世的时候能响亮地发出自己的声音，它让我在死后这声音还能够在空中回响好一阵子。

读一读这本名曰《生我之门》的书吧！开卷有益，也许你会感到，世界正纷至沓来，而你的心智之花，正在被培育、被浇灌、被开放。而被感动的你，也许会说一句过头的话。这句话是这样说的，我的一生将分为两个阶段，即读这本书之前的阶段和读这本书之后的阶段。

法国印象派大师雷诺阿说，当我终于买得起上等的牛排的时候，我口中的牙齿已经所剩无几了。对于我自己来说，似乎也常有这种雷诺阿式的感慨。我六十岁刚过，就已经齿摇摇、发苍苍，两眼昏花了，长期的伏案劳作，极大地损伤了我的身体。写上面这些文字，就叫我费了很大的劲儿。然而，这是宿命，文化人的宿命。那么认命吧，乐观地接受生活所赐予你的一切。“我们是昨日的牛仔，过时的品种，偶尔流落在地球上的外星人！”这句话是电影《廊桥遗梦》中的一句著名的台词。它好像说的我们这些童心未泯、激情之火未熄的老家伙！

高建群

二〇一五年二月十三日于西安

目录

饥饿平原

无聊读书

拒绝平庸

感受西部

父老乡亲

狄更斯说，这是一个最好的时代，也是一个最坏的时代。我同意他的话，但是，我还是坚定不移地相信，明天会更美好。我爱这个国家。因为地底下埋着我的列祖列宗，年节期间，我能感到他们正在地底下，咧着大嘴吼秦腔，而大地之上，我的后人们还要在这里读书耕田，春种秋收。

大半生来我正直地活着，崇高地活着，淡泊地活着，卑微地活着，守着一个文化人的底线和本分。如果让我重新出生一次，我仍然愿意出生在关中农村的那个土炕上，由一位做过童养媳的、卑微的农妇带我出世；如果要让我重新选择一次职业，我仍然会选择一个写作者，活着的时候向这个世界发出响亮的声音，死后这声音仍会在空中回旋一阵子！

印度大文豪泰戈尔，正在为女儿举办婚礼。这时，门外走来一位喀布尔流浪汉，那流浪汉脸形瘦削，长胡子，头上蒙着头巾，长袍子，肩上搭着褡裢。流浪汉站在门口，为新人唱了一首祝福的歌，唱完后他流着泪说，我已经离开家乡十六年了，我有个女儿，和你的女儿一样大，如果她活着，也该到结婚的年龄了。泰戈尔听了，流下了眼泪，他把婚礼的费用，拿出一半，给这位流浪的喀布尔人作路费，让他回家与女儿团聚。事后，这位可尊的作家，虽然女儿的婚礼简陋了许多，但是全家人的心中都有一种温馨感！

我的绘画最初也是我母亲收集的，我母亲不识字，我一直有个想法，说要给她读书，我说人类这么多的好书你一本也没读过，我就从普希金开始给她读，先读到《驿站长》。后来也没有时间，我就说给你画张画贴在床头吧。母亲很高兴的，有时候晚上看一会儿绘画就睡着了。这样我也就抽时间绘画了。

我把途经的道路上的每一个人都当作我最亲的兄弟，我把道路上遇到的每一座坟墓无论是拱北无论是敖包无论是玛扎，都当作我的祖先的坟墓。

生我之门

四十六年前，在渭河边的一农舍里，一个做过童养媳的女人生下了我。前几天，有人要给我算卦，问我的生辰八字，于是我打电话问母亲。母亲说，是麻糊黑的时候生的。电话中我还顺便问母亲，生我时这世界上有没有什么异象出现，比如孙猴出世时，正午睡的玉皇大帝突然间打几个冷战。母亲笑着说，没有！什么都没有！一个平常日子而已！她记忆中只有一件，那就是她疼了一回！

母亲是童养媳。当年黄河花园口决口，难民像蝗虫一样四散而逃。在我的记忆中，母亲常常说起逃难路上的事情。她说，在一些路口，常常架着一长溜大铁锅，铁锅里熬着被称为“舍饭”的玉米粥，这粥稀得可以照见人影。每个逃难者只要伸出碗来，便可以得到一碗稀粥。她还说，在渭河渡口的一个地方，一个逃难的小姑娘饿极了，这时路边恰好有个人拿着一块馍，边吃边走。小姑娘见了，眼睛一亮，跑过去，一跳，抢过那块馍，然后扭头就跑。大人在后边追，眼看就要追上了，小女孩见路边有一摊牛粪，急中生智，将馍馍塞进了牛粪里，又用脚踩了两踩。大人走过来，蹲在牛粪跟前，瞅了一阵，叹口气，走了。女孩见大人走远了，从牛粪中刨出馍馍用袖子擦了擦，吃起来。苦命的母亲，讲这个故事时，眼睛里饱含着泪水。长期以来我一直疑心，那个逃荒路上的女孩子，正是后来我的母亲。

二十世纪五十年代初期，也就是我出生不久那阵子，还有一件重要的事情，发生在母亲身上。早年参加革命，当时在陕北一家报社担任领导的父亲，从城里寄回一纸休书，认为童养媳制度是封建的东西，自己作为一个公家人，要带头和这封建包办婚姻决裂。休书寄到高村，爷爷念罢，刚强的母亲这时候二话没说，抱起我，就回了河南。黄泛区的扶沟老家，母亲依旧是举目无亲，住过一些日子后，母亲突然觉得，她还应当回到高村来。于是抱着我，重返高村。

高村现在的老年人，还常常给我说起这事。说我

回河南时，还不会走路，回到高村以后，已经能扶着炕沿，颤悠悠地走了。还说经过中原文化熏陶的我，身上穿着花格子粗布做的棉衣，嘴里咿咿呀呀，会说几句河南话。而母亲记着的，则是发生在河南开往陕西的火车上的一件事情。

母亲说，车到灵宝的时候，我喊叫饿。母亲没有办法，只好把我托给邻座的一个人照看，自己跑下火车去买饼子。母亲不识字，加上又从来没有出过远门，上车以后，随着列车隆隆开动，母亲再也找不着我了。她发疯似的一个车厢一个车厢窜，后来实在找不着了，就站在那里哭起来。“我那时候认为，我是再也见不到你了！你一定是叫人贩子领走了！”母亲现在还常常这样说。那时，我听到了母亲的哭声，我跑过来扑进她的怀里。母亲紧紧地抱住我，用她的满是眼泪的脸贴紧我的脸颊。

高村的那件休妻案后来以喜剧的形式收场。白胡子爷爷是乡间秀才，传统道德的坚定不移的卫道士。一直不动声色的他，这时候发起雷霆之怒，他领着母亲，母亲则抱着我，北上陕北。在父亲的办公室里，爷爷用鞭子抽了父亲一顿，又罚父亲跪了一夜，直到父亲收回休书，写下保证，这样，爷爷才将我们娘们留在陕北，自己独自返回高村。嗣后，母亲在报社印刷厂当了工人，我则被上班的父母用一根绳子拴在家里，一天天长大。我们家住在延安万佛洞下面的一个小佛洞里，系着我的绳子的另一头，捆在一个佛脚上。我曾经在一篇文章中写道，我见过一群石匠和囚犯修筑延安大桥时的情景。锤子叮当有声，石工们唱着凄凉的歌声，这狄更斯式的情节永远地留在我的记忆里。

父亲是一个好人，一个性烈如火的人，一个视工作为生命的人，一个仕途上饱经坎坷的人。他死于一九九二年，死于古历的二月二。他属龙。民谚中有“二月二，龙抬头”一说，但是没有熬到中午十二点，他在十一点半的时候就死了。人们说，如果熬过十二点，他就不会死了。但是他没有熬到。父母的婚姻，让我来评价，我认为总的来说还是美满的。少年夫妻老来伴，随着老境渐来，随着父亲历次运动的挨整，他们互相依存，互相搀扶着走完最后的路程。父亲死后，按照他的遗愿，他的骨灰被运回高村。乡间公墓上有一个坟堆，那是父亲的。一墓两穴，一个穴位，父亲正在里面安眠，另一个空穴，是给尚且健在的母亲留着的。

母亲属鸡，生于古历的十一月。中国民间认为生在十一月的鸡是“败月”生的。有“正蛇二鼠三牛头，四月虎，满山吼，五月兔，顺地溜，六月狗，墙根走，七猪八马九羊头，十月猴，满街游，十一月鸡儿架上愁，十二月老龙不抬头”一说。我不想念这些，我诅咒这种无聊的说法。

如今，她仍在陕西居住，和我的弟弟生活在一起。去年接她来西安住，她住了不到一个月就回去了。她说住不惯楼房。我自个想，她恐怕是担心死在西安后会被火化。但是我还是想把她接来，尽尽我的孝心。我不久后就会分到一间大房子，到时候，专门辟出一间，接我的苦命母亲来住吧！

每一条道路
都引领流浪者回家

我的母亲是河南人，黄河花园口的遭灾者。家乡沦为大泽，他们全家便流落在黄龙山，后来全部死于克山病，只留下一个九岁的闺女，给人做了童养媳。这童养媳就是后来我的母亲。

这是一段伤心史——民族的伤心史和我个人的伤心史。因此，一本《铜川的河南人》出版的时候，我突然意识到类似我母亲这样经历的河南人还很多，我感到自己一下子有这么多的同类，这么多的兄弟，我的心中油然生出一种向人倾诉的愿望。"嘤其鸣矣，求其友声"，正是如此。

铜川是一个河南人聚集的地方，这块土地在二十世纪因河南人的麇集而繁荣，而成为一座中等城市。类似铜川这类城市，在陕、甘、宁、青、新五省区，大约还有很多，它们形成了一个个“小河南”，形成了自己顽固的故土文化氛围。

就是在本土意识十分强烈的西安，河南人亦形成了自己固定的文化区域，这就是“道北地区”。记得在兰州、在乌鲁木齐，这类区域都有。往往，这类区域就在火车站旁边。——就像我们的初民逐水草而居一样，流浪的河南人逐铁道线而居。

我想这些流浪者，大约大部分是那次花园口决口后被冲击出来的。记得河南籍老作家李凖的《黄河东流去》，曾记录了这一人文景观。我想铜川的河南人，大约大部分也正是那一次离乡背井的，不知道我的推断对不对？

我想，研究河南人向大西北大规模迁徙的历史，也许会给人种学家、地域学家许多有益的东西。甚至，也许会成为他们揭开大西北地域文化、人种繁衍的一把钥匙。遗憾的是他们不懂。既然他们不懂，我们也就在这里不多说了。

福兮祸兮，黄河！——你于我们中华民族，你于大西北，你于河南人。

我们只知道最近一次黄河泛滥。我想，历史上，它一定有过许多次的泛滥，而它的每次泛滥，都会驱赶着河的子孙们走向北方。而每一次的走向北方，都会给大地带来一次冲击，一次繁荣，一次文明。

民间的说法，以及北方广大地区的“县志”上的说法，认为北方民族的一次大迁徙，是在宋，“山西大槐树底下来的”——大家都这样说。这种说法也许是对的。但是我想说，更大规模的，与我们这个民族、与黄河同样久远和持续的迁徙，当是从中州平原，当是河南人。

写到这里，我的眼眶有些潮湿。此刻，且让我脱帽，向历史致敬，向流浪者的模糊的身影致敬，向河南人致敬。

哦，我的兄弟，我的亲人，我的背着花格包袱，推着独轮车，挑着担子，向北方流浪的先人们，我的母亲家族。

二十年前，当我在那条注入北冰洋的美丽河流——额尔齐斯河上，与摆渡的艄公，一个在没有火车的年代里，用了三年的时间，走到那天之涯的河南人交谈时，感慨万端的我，曾写过一篇《河南人赋》。而今，在写这篇短文的时候，请我的笔再一次载去我对老者以及他的儿孙们的祝福。

我还想把我的祝福给每一个流浪的河南人，给每一个像风吹蒲公英种子一样撒落在北方大地上的河南人。他们那种落地生根的本领，他们那种随遇而安的生活态度，总令人惊奇。唉，若说人生是苦难的，河南人大约更苦难。

郭小川说："请不要问我，一个人，最好是生活在家乡，还是在外地？我想说，一个人，当你生活在家乡的时候，家乡就是最好的，但是，当你生活在外地的时候，祖国的每一寸土地，都会令你感到神奇！"

我十分同意这位前辈诗人的话。但是我想说，乡梦还是需要做一做的，于流浪者，这是他的权利。梦你那个村子，梦家门口那口井，那棵皂荚树，梦香烟不续的你那古老的祖坟，梦流经过村前那条黄河吧！听话，今夜做一个梦吧，包括我的已经泯灭在黄龙山中的母系家族。

有路吗？鼻子底下是大路，每一条道路都引领流浪者回家。

买一张火车票去看母亲

买一张火车票，我到小城去看母亲。我曾经在一篇文章中说，等我什么时间有了空闲了，我要做的第一件事情，就是去陪母亲住一段时间，吃她做的饭，跟她拉家常，捧起一本书读给她听。这文章写了几年了，可是我始终是一个忙人，无暇脱身。前几天，站在城市的阳台上，怅然地望着北方，我突然明白了，忙碌的人生是永远不会有空闲的。你要去看母亲，你就把手头的所有事撂下，硬着心肠走，你走的这一段时间就叫“空闲”。这样，我买了一张火车票，去小城。

卧铺票没有了，我于是买了张硬座票。我对自己说，等上了火车再补。可是上火车以后，我只是轻描淡写地问了列车员两句，并没有认真去补。这时候我明白了，买票的时候，我是在欺骗自己：我是生怕自己突然改变了主意，于是先把票买上，叫自己再不能回头，至于到时候补不补票，我并没有认真去想。

火车轰隆轰隆地开着，开往山里。这条单行线的终点站就是小城。母亲就在小城居住。火车要运行一个夜晚，从晚上到早晨。火车要穿过一百〇八个山洞，这是这条支线当年修通后，我第一次经过时，一个个数的。我坐在火车上，毫无倦意，脸上挂着一种善良的微笑。因为这是看母亲，因为在铁路线的另一头，有一个我生命中最重要的人物之一在等着我。

陶渊明是在四十一岁头上，写出那篇著名的《桃花源记》的。神州大地，何处是这桃花源？历朝历代，都有人在做琐碎考证。然而，一个美国心理学家在将这篇奇文输入电脑程序，一番研究之后，却得出一个石破天惊的结论。这结论说，这桃花源说的是母体，这《桃花源记》表现了一种人类渴望回归母体的愿望。当人类在这个为饥饿而忧、为寒冷而忧、为无尽的烦恼而忧的世界上进行着生存斗争时，他有一天会问自己，在自己的一生中，曾经有过那无忧无虑阳光明媚的时光吗？后来他说，有的，那是在娘肚子那十月怀胎的日子。

坐在火车上，在我的善良的微笑中，我突然想起陶渊明的《桃花源记》这些事。我的微笑很像母亲。记得有一年我陪母亲在小城的街道上行走时，一位同事立即认出我们是母子，“你们有一样的微笑”，他说。此刻我想，当母亲在十月怀胎的日子里，她的脸上也一定时时挂着我此刻的这种微笑。我曾经写过一篇文章，剖析过雨中的洋芋花微笑的原因，按照老百姓的说法，这是一种母瘾行为。洋芋花在微笑的同时，它的根部开始坐下果实。

我时年四十六岁，比陶渊明写《桃花源记》时大五岁。我也是从四十岁头上，突然开始恋家的。是不是人步入这个年龄段以后，都会突然产生这种想法？我不知道。我这里说的“这种想法”，直白一点说，就是渴望回归母体，渴望在那里获得片刻的安宁，渴望在那里歇一歇自己旅程疲惫的身子，是这样吗？我不知道！不光我不知道，我想当年陶渊明写他的《桃花源记》时，大约也不知道，自己的潜意识中，会有那么古怪的想法的。

在经过十个小时的乏味旅程，在穿过一百〇八个洞之后，火车终于一声长鸣，到达了小城。出站后，我迅速地搭乘一辆出租车，向母亲居住的地方飞驰而去。后来，我来到家门口，白发苍苍的母亲，还有几位邻居的老太婆，站在家门口等我。邻居的老太婆对我说，母亲知

道我要回来，天不明，她就在门口等我了。

母亲是河南扶沟人，黄河花园口决口的遭灾者，遭灾后他们全家随难民逃到陕西的黄龙山。后来，他们全家死于克山病，只母亲一个侥幸逃脱。逃脱后，七岁的她给父亲当了童养媳。我母亲十四岁时完婚，十六岁时生下我的姐姐，十八岁时生下我，二十岁时生下我的弟弟。我的父亲于七年前去世，如今这家中，只母亲一个人居住。

我已经有一年多没见母亲了，在母亲的家中，我幸福地生活了一个星期。我说我有胆结石，一个江湖医生说，多吃猪蹄，可以稀释胆汁，排泄积石，我这话是随意说的。谁知母亲听了，悄悄地跑到市场，买了五个猪蹄，每天早晨我还睡觉时，母亲就热好一个，我一睁开眼睛，她就将猪蹄端到我跟前。母亲养了许多花，花盆摆了半个院子。这花盆里还长着些朝天椒。我说，这朝天椒如果和青西红柿切在一起，又辣又酸肯定好吃。这句话刚一说完，母亲又不知从哪里弄来几个青西红柿，从此我每顿饭的桌上，都有这么一小碟生菜。

谁言寸草心，报得三春晖。在这一个星期中，我收敛自己的种种人生欲望，坐在家里陪着母亲。小城的朋友们听说我回来了，纷纷请我吃饭，我说饶了我吧，这次回来只有一件事,就是陪母亲。

母亲不识字。记得我曾经在一篇文章中说,等有一天,我有了余暇,我要坐在母亲跟前,将那些世界上最好的书读给她听,我说,那时候我读的第一篇小说,也许是普希金的《驿站长》。现在,我这样做了,《驿站长》中那个二百年前的俄国人的悲剧命运,此刻成为这对小城母与子之间的话题。

一个星期到了,我得走了,世界上还有那么多的人生俗务在等着我。听说我去买票,母亲的神色立即黯淡下来。她下意识地拽住我的衣角。这一拽,令我想起《西游记》中的白龙马眼里含着哀求,用嘴噙住猪八戒衣襟时的情景。我对母亲说,等我的大房子分下以后,她来我那里住。母亲含糊地应了一句。

我还说,父亲已经去世,脚下纵有千条路,但没有一条能通向那里,因此我纵然有心,也是无法去探望的;不过母亲还健在,我是会时时记着她,时时探望的。

"热爱母亲吧,这是一个失去母亲三十年的人在对你说话!"这段话,是一个叫卡里姆的苏联作家在他的《漫长漫长的童年》中说过的话。此刻,在我就要结束这篇短文,在我就要离开小城的时候,这段话像风一样突然飘入我的记忆之中。由这句话延伸开去,最后我想说的是，亲爱的读者，如果你也有母亲，那么你不妨抽暇去看一看，世界并不因你离开位置的这段日子而乱了秩序，而你会发现，这段日子里你做了一件多么重要的事情。

鸡　命

母亲出生于鸡年十一月。

中国民间，有一种迷信的说法：正蛇二鼠三牛头，四月虎，满山吼，五月兔，顺地溜，六月狗，墙根走，七猪八马九羊头，十月猴，满街游，十一月鸡儿架上愁，十二月老龙不抬头。

母亲生于鸡年，又是十一月，正应了“十一月鸡儿架上愁”一句，所以人说她是“犯月”出生的，一生都会命苦。

自我出世后，便没有见过外祖父外祖母，后来在填履历表时，遇到姨姨舅舅这一栏目，也颇为踌躇。问起母亲，母亲说：都殁了！这么些家庭成员都去世了，而母亲能够安然健在，并且成为我的母亲，光这一点，母亲也算命大了。

我能记事，第一件事便记母亲。那一次，大约是我三岁的时候，母亲正抱一根擀杖，在堂屋踢踢踏踏擀面。我抱起母亲一条腿，让她为我搔痒。我的吵闹影响了她的工作，也许当时一家人正等着用饭，所以母亲火了，一抬脚，将我踢到院子中间。没等我哭出声，正拉风匣的奶奶，便一抬身站起，抽出擀面杖，打起母亲来。嘴里念叨着：“你敢欺侮我们家的小孙子，你忘了你是怎样踏进这个家门的！”

母亲呆若木鸡，站在那里并不躲避，直到奶奶气出完了，手打酸了，才伸手接过落在屁股上的擀杖，掉转过来，弯腰又擀。

母亲怎样踏进我们家门的，后来，我影影绰绰听奶奶说，有一块十分险恶的地方，人称黄龙山，从那里经过，轻者一场疾病，重者留下性命。有一年，两个逃荒之家，恰好在此相遇。一家全部吐黄水死了，只留下一个小女孩，于是，死者在弥留之际，将这女孩托给另一家，做了童养媳。这家男孩有三，老大已经婚娶，老二长这女孩四岁，老三小这女孩一岁，这样，女孩便属老二了。

这家虽然败落，但规矩极重。小女孩来到家中，少不得看人眉高眼低，先做童养媳，继做正式媳妇，再后来，便成为我的母亲。

俗话说，十年的媳妇熬成婆，我的奶奶就是受尽磨难而成为婆婆的，算起来，母亲过门已经整整五十年了，她也该享几天发号施令的日子，没想到，世事比规矩变化得还快，而今，她倒是也有了儿子媳妇，却在进步了的城里人面前，只配作个保姆的角色。

由于父亲在外工作，母亲曾三次成为城市居民，又三次回到农村。一次当是一九五八年，那时号召干部家属回乡大炼钢铁，父亲带头响应，为此还被评为模范党员。第二次，就是一九六二年困难时期了。这第三，是在一九六九年，当时邻近的甘肃，有几户城市居民，提出“我们也有两只手，不在城里吃闲饭”的口号，口号一出，四方响应，母亲也就糊里糊涂地被送到了农村。

不管怎么说，她现在又回到了城里。她怯生生地微笑着，像一只受惊的雀儿，歇息在城市的屋檐下。她拖着疾病之躯，做饭，洗衣，买菜，带孩子，一刻不闲，就连睡觉也担负着搂孩子的任务。

她在“大跃进”的年月，淘铁沙掉进了冰河，自此以后，便有一股凉气在身上作祟，一会儿窜至腰部，一会儿窜至膝关节，一会儿又窜上肘部。有一次，凉气久久地停在肩部了，整个左肩，凉气逼人，不能抬动。所有的医生都说，她的左臂没有指望了。母亲靠终日不停地劳作，终于使这只胳膊活动了，直至现在运动有如常人。

父亲一生为官，老来受官所累。这事给母亲以很大刺激。我们中，倘有谁负责一个什么职，或者单独干一项工作，母亲总是又惊又怕，她再三提醒，怕我们又遭什么人的暗算。我们笑着，去年的皇历不能再翻了。母亲摇摇头，将信将疑。

这也许怪母亲不识字，所以看门外的世界，一片懵懂。她少年没有念书的机会，等到成年以后，经过几次扫盲班，却仍不识一个大字，学过就忘，令人不能理解。

这个属鸡的十一月出生的生命已届衰老，一个平常的女人，一个先是为丈夫，后来为丈夫和儿子孙子，奉献出全部精力的疲惫不堪的老女人，将在异乡他地挨完生命最后的时光。她的两只劳动者的手，粗糙有如鸡爪，她也确实像鸡一样，用俩爪子刨食吃，为自己，为别人，刨了一生。

有一日，吃饭的时候，大家吵吵嚷嚷，话题转到了一位逝世不久的女领导身上，谈这个女人的美貌和魅力，谈她们姊妹三人传奇般的生涯，谈她死后，不愿和当过大总统的丈夫葬在一起，却要回到娘家，葬入祖坟，像小时候一样，静静地睡在父母脚下。

正说着，突然厨房里啜泣有声，原来是母亲在哭。她掩饰说，煤气太呛人了，比不得乡下的灶火。

一时间我感到深深的内疚，我明白我们的话题引起了她的心事。

我们对母亲关心得太少了，甚至忽视了这个人的存在。其实，她也有她的思想，她的痛苦，她的自尊心，她的回忆和怀念的圈子，只是她不愿意把这些抖出来，去打搅别人罢了。

我是长子，责无旁贷，我要到那神秘之地，代母亲去祭奠亡灵了。我将在那里遇到许多母亲这样的人物。我将以“黄龙山苍生图”为总题，描写他们。这个《鸡命》，就是开篇。

父亲的故事

关于母亲，我写过许多的文章。这些文章有一篇还被选入新版的高中语文课本。而关于父亲，我几乎还没有写过一个字。这里面的原因是多方面的。而最重要的一个原因是，我对父亲始终怀着一种深深的畏惧感，这种畏惧感妨碍了我每一次走近他。

选入高中课本的那篇文章叫《每一条道路都引领流浪者回家》，是写母亲和她的家族的故事的。我的母系家族在河南扶沟。黄河花园口决口时，一户顾姓人家随逃难大军来到陕西，落脚在黄龙山。后来，顾姓一家死于一种叫克山病的地方病，只留下一个六岁的女儿，这样，黄龙山托孤，这女孩给一位高姓的邻家做了童养媳。

这童养媳就是后来的我的母亲，高家的第二个孩子后来则成为我的父亲。

父亲后来在山上放羊的时候，川道里过队伍，父亲于是放下鞭，跑下山参加了革命。那时父亲已经和母亲完婚。当父亲向山下奔去的时候，母亲正在崖畔上挖苦菜，她拦了两拦，没有拦住。

新中国成立的那一年，父亲是一个县的团县委书记。在后来反对封建包办买卖婚姻的宣传中，他给家里寄来了一纸休书，要休我的母亲。

许多年以后在父亲的葬礼上，我见到一位着一身黑色丧衣的气质非凡的老年妇女。这位阿姨当年正是那个县的妇联主任。因此我当时毫不费力地推测出，父亲当年的休书与这位妇联主任阿姨有关。

父亲的这桩现代陈世美的故事差点演成。母亲后来确实曾离开高家，离开陕西，回到河南扶沟老家。但是在河南待了半年以后，她又回来，因为在河南她同样也是举目无亲。

母亲回河南时，是抱着我去的。那时我已经出生。母亲常常对人说，我去河南时还不会走路，回来时已经能扶着炕边乱走了。

乡学究的爷爷这时候忍无可忍，出面干涉。他领了母亲、姐姐和我，赶到城里。父亲这时候已经从县城调到一座中等城市里，先是在报社做记者，后来在机关做部长和局长。

爷爷罚父亲在地上跪了一夜。而后把我们娘儿仨交给父亲，自己动身回了乡间。

这场故事便这样以喜剧形式结束。

后来我们又曾三次回到乡间，两次回到城里。一次是一九五八年大炼钢铁时，一次是一九六二年困难时期，一次是一九六八年“我们也有两只手，不在城里吃闲饭”。

母亲的卑微也注定了我们儿女们卑微的地位。我们的童年中既没有农村孩子那种田园之乐，也没有城里孩子那种公子哥儿气。我们视父亲为暴君。

无须讳言，父亲经常打我。他最严重的一次打我，是将绳子拧成麻花打我。而对我心灵最大的一次伤害，是在街上公开打我。

那时候打火机刚刚流行。我在家里的炕上无意中捡到了一只打火机。我不知道这是什么玩意儿，只觉得很稀奇，于是就装在了书包里。放学归来的路上，我们三个男同学走在一起，我一边打打火机，一边炫耀。这时候，父亲下班过来了。“我说怎么找不见了，原来是被你偷去了!”说完,他顺手打了我一个耳光,然后夺走了打火机。

自此以后直到今天,我的手一接触到所有的机械东西就打战。小时候,我从来不去上闹钟的发条,现在流行电脑,可是我永远学不会它,我的手指一接触到键盘,就心惊肉跳。

这就是在父亲的浓重的阴影下,我的童年和少年时代。如今,我之所以成为一个坚强的人,一个敢于藐视一切权威的人,这与早年的家庭环境不无关系。

但是你如果认为,这就是我的父亲的全部,或者说,是我的眼中的我的父亲的全部,那你就大错而特错了。那对他将是不公正的。

事实上,他的身上有许多闪光点,有许多高贵和高尚的东西。

许多年来,我之所以不愿意在文章中提及他,也是出于这样一种顾虑。在这个充满矛盾的人物身上,我怕我只突出了这一面,而忽视了其他的方面,从而不能准确和完整地表现他。那对他是不公平的。而作为人子来说,我将内心不安。

他是一个工作狂。

他把自己的一生,都全部献给了工作。他后来成为一个市的副市长，主持常务。记得，那一年我刚从部队上回来，坐在他办公室等他。他到农村去了三天，风尘仆仆地刚进门，和我还没有说话，这时候电话来了，说是某地发生了森林火灾，于是他坐上吉普车，又走了。

他疾恶如仇。

他从来没有为自己谋一点私利。他死的时候家中没有留下一点钱。

他的后半生是在坎坷和被迫害中度过的。

正是在这种坎坷和被迫害中，我逐渐走近了自己的父亲。

一九八二年，当时市政府办公室主任将自己的外甥调来当秘书。所有的关节都打通了，只等父亲签字。父亲是个犟板筋，认准谁是个好人，便怎么都行，认准谁是个坏人，便怎么都不行。他硬说这办公室主任人品不好，外甥也肯定好不到哪里去，因此，拒绝签字。

这办公室主任后来屡屡捎话威胁，说他手里握着足以置父亲于死地的把柄。可是，父亲是个吃软不吃硬的人，还是没有理睬。事情就在这时候发生了。

原来这主任“文革”时是“五七干校”的校长。他的箱子底下压着解放父亲时父亲写的自我检查。这东西本该随“五七干校”撤销时就地销毁，但这位前校长并没有将它销毁,而是拿回家压到自己箱子底去了。

就凭这牛棚中的材料,清查中将父亲免职,认为是漏网的“三种人”。

事隔半年后,发现这是一桩错案。于是纪检部门重新发了一个文,宣布收回原来那个处分决定,恢复原职。

从纪检部门到父亲后来栖身的这个单位,只有不到一公里的距离,然而,这道公文走了整整八年的时间。父亲离休的那一天,纠正冤假错案的文件和离休通知同时到达。

这是多么残酷的人生一幕呀!一道公文走了八年。八年的折磨呀!

两年后父亲去世!死时六十三岁。

父亲是一九九二年去世的。他在去世的那一刻,十分怀念他的遥远的乡间。这样,我们儿女们偷偷地将他装棺材,拉回乡间,埋进村子里的公墓里。

如今,那墓头上已经长出了萋萋荒草。

在父亲去世的这些年头中,我时时想起他,并试图走近他。我试图写一部家族的传奇,父亲的一生是这个传奇的重要组成部分。我越来越清楚地认识到,父亲的形象可以扩而大之,成为那一代人的一个典型形象。

这篇短文就是我试图走近父亲的一次尝试。

我如果不去，父亲的坟头会冷清

清明节到了，黄帝陵那边打来电话说，邀请我参加今年的清明节祭陵。我母亲则说，她想回高村去，为我父亲去烧一张纸。我犹豫再三，决定陪母亲去高村。黄帝陵那边，即便我不去，照样年年热闹，高村我父亲的那一座坟头，我如果不去，清明节那天，会冷冷清清的。

父亲死在十六年前。死前他说，如果他死在夏天，就把他埋在陵北，将来再搬坟；如果死在冬天，就把他送回高村吧。父亲属龙，死在“二月二，龙抬头”那一天，人们说，如果能熬过中午十二点，他就不会死了，但是离十二点还差几分钟，他长叹一声，全身松弛下来。于是我们将他装进一口薄棺，去他单位要了一辆卡车，撒着一路纸钱，把他送到渭河畔上的高村安葬。

高村平原上的坟墓，当年是一个家族的老坟。那坟上通常长着高大的柏树，夜风吹来，飕飕作响。后来这些坟头平了，生产队专门辟出一块不能浇水的小土岗，用作乡村公墓。

虽然是乱扎坟，但是一家一户的老人，还是凑在一块的。比如我们这个家吧，那顶头两个坟堆，一个是爷爷的，一个是婆婆的，像两个正襟危坐的当家人一样。接下来，是我父亲老兄弟三个的坟，依次摆开。那情形，就像他们童年时候，蜷缩在父母膝下一样。

每年清明节的时候，全村人都会来到这乡村公墓，就连去城里打工的年轻人也都回来了。烧纸、磕头、响鞭，用铁锨攒坟头，等等。通常，还会有自发秦腔自乐班在演唱，那唱得最响亮的人是我的堂弟。清明节过后，那些坟会被培上新土，坟头上会用土疙瘩压一张白纸。

我理解母亲为什么要去上坟。父亲的坟，一个直洞打下去，然后一南一北两个拐洞。那拐洞，一个盛了父亲，还有一个，是给母亲空着的。母亲已经风烛残年，像个风一吹就灭的油灯一样，所以她这清明节祭坟，第一是以儿媳妇的身份，向公公婆婆问安；第二是以妻子的身份，去看望久违了的丈夫；第三，是看一看她的那个拐洞，是否安好。因为母亲对我说，她也有想走的意思了。

我的叔父

该怎样向你叙说我的叔父呢？我感到十分地为难。这次回家我又看见他了。他双眉紧锁，腆着屁股，在平原上漫无边际地走着。他告诉我，几年前，他为儿子，也就是我的堂弟订了一个媳妇，花了一千多元。媳妇很不理想，现在大家都有悔意，不愿意眼睁睁地明明地喝下这一杯苦酒。女方见状，也知道这桩婚事不会成了，于是也在私下里悄悄地另找人家了。但是，双方谁也不开口，都在一天一天一年一年地拖着。农村有的是聪明人。据说，乡村有这样约定俗成的规程：如果男方说声退婚，那么，这一千多元也就连影子也没有了，女方可以堂而皇之地另找人家；如果女方说声退婚，女方将要吐出所有的财礼，甚至连订婚吃饭的饭钱和柴炭钱都要退出。

“我那一千多元还是借人家的!”叔父闷声闷气地说。

我能有什么办法呢？我可以从拮据的生活中拿出一点钱，给我的姑姑的正在准备考大学的女儿一点智力投资，我却不能给我的叔父一点帮助：那是个黑窟窿，填不满。如果堂弟的婚事吹了，他又要问媳妇，又得一千多元，而且可能不止这个数，我能给他多少帮助？

该怎样向你叙说我的叔父呢？我感到十分地为难。这是一个善良的人，一个懦弱的人。凭着他的善良，凭着他的懦弱，自“合作化”以后，他一直是我们这个大队的干部。他当的是副职，那些野心勃勃的正职，像走马灯一样换了一茬又一茬，我的叔父却能几十年如一日的不动不摇。谁也需要他，谁也离不开他，而他，从来没有想到过给谁使心眼儿。他拖着疲惫的步子，在平原上走着，一年又一年。

他后来有了一辆自行车。那车原来是邻家的，他上公社去开会，借了邻家的车子。车子放在公社门口，不知怎么好端端地倒了，摔坏了一个车把。邻家不要车子了，说车子是花五十元钱从黑市上买的。于是，叔父把一年的劳动收入——五十元红利从账上拨给了邻家，把那一个把的车子留下来自己骑；不嫌弃这辆车子难以驾驭的人，也骑。村里的人们诙谐地叫那车子是“凤凰单展翅”。

该怎样向你叙说我的叔父呢？我感到十分地为难。他家的墙壁上贴满了奖状，这些奖状都是历次运动中得来的。不论上面有什么指示，他总是忠实地执行。听人说，“合作化”初期，上级号召深翻地，于是他叫了一村的人，先从我们家的地上动手。爷爷站在地头，顿着脚说，那不叫翻地，那叫打井！由于把生土翻了上来，这块地三年没有好好长庄稼。几十年过去了，村子里虽然稍有富足，但还有不少贫困的人们，我的叔父也在这贫困之列。告别家乡的那天早晨，我到他家去吃饭，看见我的没有媳妇的堂弟正在发怒。他神经质地把墙上那糊得满满的奖状，一张张地撕下来，扔了一地。我的叔父哭丧着脸，蹲在门槛上，咂着烟袋，一言不发。我在那一瞬间对我的叔父产生了深深的怜悯。我想说点什么，可是，没有说出口来。

该怎样向你叙说我的叔父呢？我感到十分地为难。

我的堂妹

我常常为堂妹的命运担忧呢。

一个普通农家的女孩子，平原上的五谷使她出脱得一表人才。那年我回来探家，她正在村头的古庙里上学。我到学校里去看她，在操场上碰见了她的几位老师。教室里传来了歌声。老师告诉我，那声音最亮的，就是我的堂妹，她也许将来要成为歌唱家呢。

到五里之外上完了高小，到十里之外上完了初中和高中，堂妹没有考上大学，也没有丝毫成为歌唱家的希望了，她回到了农村。母亲扔给了她一把锄头，什么话也没有说，就随着上工的铃声，下地去了，走到半门上，回头望了望，女儿并没有跟上来，而是拄着锄，呆呆地望着门前的公路。提亲的跟着进门了。我的堂妹将要和她的母亲、她的祖母一样，嫁给一个人家，在平原上生儿育女，尽一个农家女儿的本分。

堂妹不甘于这种命运。大凡农村的爱虚荣的女孩子，对城里人总抱有一种神秘感。她们以为自己有几身城里人的衣服，就和城里人平等了。后来发觉不是，于是学城里人的烫发，学城里人的谈吐，学城里人的风度。直到最后，才突然明白了，这些都是表面的，城里人和乡里人的本质差别只在一点：户口！

堂妹来到了城里，找到了我的父亲，过继给了我家。这样，几番周折，她落下了户口，找下了工作。我曾多次劝告堂妹："生活是严肃的，残酷的，你应当安于本分。城市的生活虽好，不是属于你的。"堂妹孩子气地笑一笑，不以为然。

彩虹在堂妹面前只闪现了一下，就消失了。堂妹的城市户口被下了，工作自然也没有了，（她还是先进工作者），那些纷至沓来的求婚者，现在也销声匿迹了。

握着户口，站在农村和城市的交叉地带，堂妹秀气的脸上挂满了泪珠，她用求援的目光望着我们，可是，谁也无能为力。

城市容不得她，农村也容不得她了，她的那些女同学们现在都已经抱上了娃娃，她将作为一个笑柄被人背后议论，她自己也不愿意以一个蒙受耻辱的失败者的形象出现在故乡面前。

她把户口装进兜里，找了个黑黑的、讨不起媳妇的工人。她在一夜之间由一个浅薄的人变成了深沉的人。她咬着牙，在城市的边缘居住了下来，靠打零工生活。一年后，她为工人生了一个儿子。

庄稼姑娘的第二代在城市里出生了。由于母亲没有户口，儿子也就不给上户口。我不懂这些，我是听堂妹说的。她说子女的户口是随母亲的。

堂妹正在为她的儿子以正当的理由申请户口，据说已经办得差不多了。她很乐观，她生活得很艰难、但很充实。她咯咯地笑，逗着孩子。我们家族那种坚忍地与命运抗争的精神，看来，在她身上复苏了。

我的儿子正在成长

儿子正在上高三，也就是说，今年黑色七月的高考中，他也将是那需要经历磨难的一分子。因此，现在我们全家三口都处在一种紧张状态中，大家全力以赴，为了一个目标，那就是为了让儿子能考上一个好的大学。

我没有上过大学，这是我终生的遗憾。我是“文革”期间高中毕业的，那时大学不招生，我毕业之后就当兵去了。当兵五年回来后，正赶上一九七七年恢复高考，我说：“让我去试试吧。”于是放下行囊，就走进了考场。语文我不怕，因为我在部队的时候，就发表过一些东西，特别是作文还是有一定的基础的，但是我怕数学，因为在五年的爬冰卧雪中，数学全部忘光了。

数学考试中，我面对着试卷，白白地坐了九十分钟，我一道也不会答。即便是中途向旁边的考卷上瞄上几眼,想抄袭一下,也不行,因为我压根儿连那些字母谁是谁都不认识了。那时候的高考有一项规定,不能有一门考卷是〇分,如果有一门是〇分,那么别的考卷分数再高,也不能录取。此项举措是针对“文革”期间那个大名鼎鼎的白卷先生张铁生的,张铁生把教育界折腾苦了,所以复出的教育家们想出了这么一条报复措施。

愚者千虑,必有一得。在如坐针毡的九十分钟里,我终于从这张可恶的数学试卷中发现了一个出题人的破绽。有一道大题是判断题,下辖五道小题,那题说:下面诸小题中,如果是对的,请画一个“✓(勾)”号,如果是错的,请画一个“×(打叉)”号,每个小题2分。研究了题后,我一阵窃喜,我明白中国是一个中庸之道的国家,这五道题,不可能全是对,也不可能全部是错,肯定有一部分是对的,而另一部分是错的。于是我毫不犹豫地给五道小题全部画上了“✓(勾)”号,划完以后,立即交卷。“只要不是〇分就行了!”我对自己说。

我后来没有考上大学,既然榜上无名,我也就将高考这件事丢在脑后了,数学到底得了多少分,我也不去管它了。后来,工厂里有个女工,到招生办查自己亲戚的分数,顺便查到了我的分数,回来见人就宣传,说我的数学得了六分。这样我便知道了五道判断题，有三道是对的，两道是错的，我的六分就是这样蒙来的。

没有上大学是我终生的遗憾。我不是羡慕那张毕业证书，而是羡慕大学校园里那自由的空气。前年，在北大校园，我对招生办主任说，等我儿子将来考上北大的话，我也自费来上，做个陪读。这主任说，我们请你来做个客座教授。我说不敢，还是让我从学生做起吧！但是我毕竟没有上过大学。

作为弥补，我要让我的儿子接受最好的教育。这是这个小生命呱呱落地的那一刻，我对他的承诺。他上的是全国重点小学，全国重点中学，我们希望他能在经历今年的黑色七月之后，上一所理想的大学，然后，有可能的话，再到国外去深造。

他是儿子，但是在感情上，我们更像兄弟，这是有一次当我教他如何与人握手，我做示范让他伸出手来的那一刻感觉到的。一只厚厚的、被蘸水笔杆磨得满是老茧的大手，与一只修长、纤细、孱弱的手握在一起时，我的心里突然一阵颤抖，我体会到了一种兄弟般的感情。

儿子是善良的，生活在一个正直的家庭里，他的身上又有一种高尚和真诚的东西，这是饱经沧桑的我们这一代人身上所丧失了的东西，仅仅因为这一点，就足以令我对他产生敬意。

记得他七岁那年春节的时候，我从市场上买回几只鸡。我蹲在院子里，磨着菜刀，准备杀鸡。旁边站着的儿子突然号啕大哭起来。“鸡真可怜！”他指着蜷缩在一旁的鸡说。那惊天动地的哭声叫人震撼，好像屠刀指向的是他，好像世界末日就要来临似的。

这种基督般的博爱心肠，在我们这种年龄的人的身上已经没有了。生活的法规是弱者肉强者食，是尊者为王胜者通吃。记得部队上的那一年冬宰时，我曾经亲手杀死过二十几只羊。杀第一只羊时，你有些胆怯，羊抿住嘴巴，用一种疑问的眼光看着你，令你握刀的手打战。但是随着第一只羊杀倒，你便意识到了原来自己这么强大，可以主宰生杀，你的眼睛闪烁着喋血的渴望，又扑向第二只。

儿子从小到大，我几乎没有介入过他的生活。他像一棵笔直的杨树一样，是在自由的空气中，在我们浑然不觉的情况下，突然长大的。记得我介入过的事情有三件。

第一件是儿子上幼儿园大班的时候，有一次我从街上走过，看见三个女同学正在欺侮我儿子。她们把儿子的书包扔到公共汽车站的遮雨篷上去了，然后，三个女

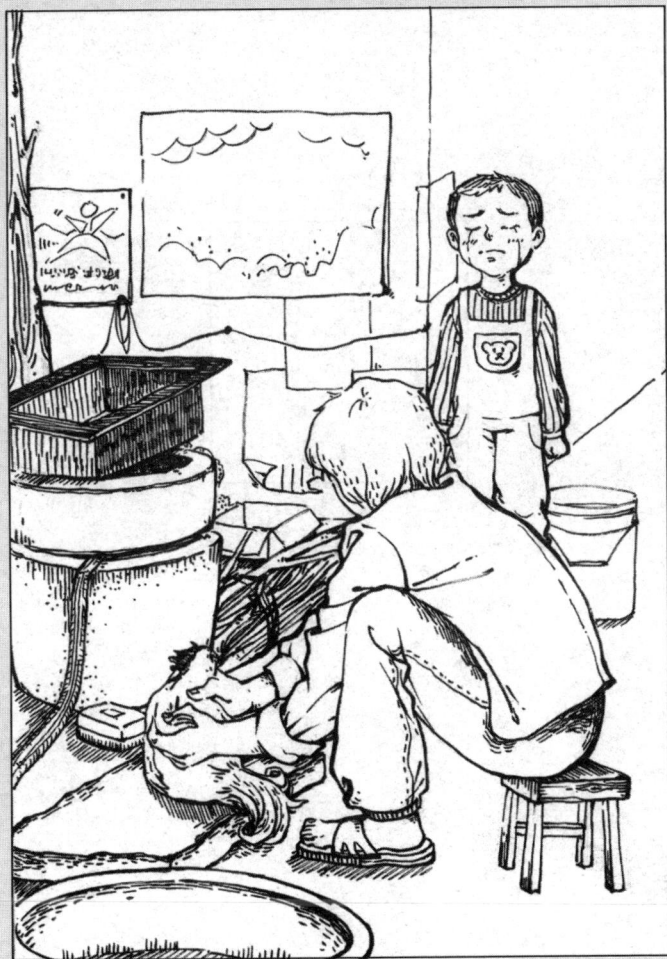

孩子站在那儿拍掌大笑，儿子则站在一旁哭泣。我走上去，大喝了一声，三个女孩子吓跑了。我对儿子说：男子汉哪，你不会用手去打她们！听了这话，儿子伸出手来，瞅了瞅，不言语。见状，我叹了口气，攀上一棵林荫树，为儿子取下了书包。

第二件是儿子上小学二年级时，他滑旱冰摔了一跤，小腿骨折。后来，我为他做了一副拐杖，又到街上为他买了一盘台湾歌手郑智化的磁带，于是有半个学期，儿子拄着拐杖，模仿着郑智化的模样，站在阳台上唱郑智化的歌：他说风雨中这点痛算什么，擦干泪不要怕，至少我们还有梦！这支歌伴随着他伤愈重返学校。

第三件是儿子上初中三年级时的事。班上有两个同学打架，老师匆匆赶到教室时，打架已经结束了。老师问打架的是谁，连续问了几个同学，都没有得到回答。老师后来说：我的这六十多个学生中，难道连一个富有正义感的学生都没有吗？不要让老师提问了，哪个学生如果有正义感，请站起来指证。老师喊了三遍，仍然没有学生站起来。年轻漂亮的女老师哭了，她说她把全部的爱和感情都给了这些孩子，想不到培养出来的却是这么一群世俗和冷酷的人。女老师哭着跑出了教室，她发誓从下学期开始再也不当班主任了。儿子回来将这事告诉了我，我说我坚定地站在老师一边，我谴责了儿子，我说你应当勇敢地站起来，指证这件事。儿子辩解说，他不能，他要保护自己，如果那两个调皮学生串通了黑社会来找他的麻烦，那他就惨了。我说，人有时候是需要傻一点的，需要拍案而起的，需要舍生取义的。我举了个谭嗣同的例子，我说：谭嗣同说，既然变法需要流血，那么这第一滴血就从我流起吧！说罢，年轻的谭嗣同走上了法场。当然，你们班上的那一丁点儿小事与谭嗣同的事根本不能相提并论，但是你必须从小就学会做一个独立的人，做一个不向恶势力低头的人，绝不能做那"沉默的大多数"，不做灰色大众。儿子听了，低下头去，记得，这是我说儿子说得最重的一次。

我是一天天老了，儿子是一天天大了。光看着儿子成长这一诱人的景致，就足以令我们热爱生活和赞美生活。春节前，儿子的学校评选礼仪先生，儿子被评为他们班上的礼仪先生，儿子回来后要我领他去拍一张大照片，说墙上要贴，我追问了半天，才知道是怎么回事。我细细瞅着儿子，突然发现他长大了，成了个"帅哥"。

去年儿子班上分科时，他征求我的意见，我说文科也好，理科也好，你自己决定吧！结果儿子报了理科，准备将来考计算机专业或别的什么专业。分班大半年以来,他突然对文学又有了强烈的兴趣。有一次他谈到贺敬之的《回延安》。于是我拿出我一九八二年采访贺敬之时拍摄的照片,课本上的人物一下子变成生活中的人物,这叫儿子觉得很奇异。还有一次,儿子在翻阅李若冰的书时,被书深深地吸引住了。“我的一生注定属于远方那一片草原和戈壁滩的。每个人都有自己的命运,而这就是我的命运。”儿子念着李若冰书中的这些话,觉得这些话说得真好。两个相隔了将近六十年的人的思维竟然能这样相通,这叫我高兴。还有一次,儿子读了《少年路遥》那篇文章,回来谈起,我告诉他说,路遥你应当还记得吧,他就是经常到咱家来的那个黑胖子,走起路来一个肩膀高,一个肩膀低。我还说,路遥死之前,我去看他,路遥的第一句话就是:强强该上小学二年级了吧!我说的这事也叫儿子感到奇异。“路遥知道我!”他微笑着说。

还有许多文学方面的事情,只要他提起个头,我便能说上一大串。也许,正是这些勾起了儿子对文学的兴趣。“你后悔报理科了吗?”我问。“不,我不后悔,我还是学理科吧!大学出来后,有兴趣,业余写写文章,也是一件美事!”儿子回答说。

我为什么比别人聪明

我很小的时候，就是一个郁郁寡欢的孩子。我贫贱、卑微、弱小、营养不良，世间所有的欢乐都与我无缘。当现在人们考证说，一九六一、一九六二年困难时期，东边的河南省饿死了三百万人，西边的甘肃省饿死了一百五十万人时，我就想说，陕西省当年也饿死过很多人的，只是没有人去做这种考证而已，作为我自己，当年或许也会是饿死者之一的，只是我侥幸逃脱了。我那时候是七岁。

我的母亲是童养媳。过去看杜鹏程的《保卫延安》里提到过“童养媳的目光”这句话，这句话当时曾像烙铁那样将我的心烫了一下。母亲现在跟我居住。就在昨天晚上，儿子问我，奶奶为什么对外面的世界很惧怕，永远不能释然地面对世界。听了这话，我长叹一声说，你奶奶做过童养媳，这叫“烙印”。

我母亲是河南扶沟人，一九三八年黄河花园口决口，母亲一家，随逃难的人流涌向陕西，最后又跑向陕北的黄龙山这个国民党行政院设的移民区居住。黄龙山流行一种可怕的地方病，叫克山病，人得了这种病，上吐下泻，一会儿就死了。逃难到黄龙山的母亲全家，都死于这种病，只留下了一个六岁的她，给邻居一户高姓人家做了童养媳。

我父亲后来参加革命，后来和我母亲完婚。这户高姓人家同样是逃荒到陕北的，所以后来新中国成立后，母亲便带着已经出生的姐姐，回到渭河平原上的高村。在高村又生下了我。

新中国成立初期有个婚姻法运动，在反对包办买卖婚姻的浪潮中，父亲给遥远的高村寄来了一纸休书。这样，母亲便带着出生不久的我，又回到河南黄泛区去。在河南老家，母亲仍是伶仃一人。思来想去，她又抱着我回到了陕西的高村。

我去时还不会走，回来时已经能用手扶着炕沿走了。我去时还不会说话，回来时已经能用河南话咿咿呀呀地吐几个单词了。这是高村的人们对我这个卑微的生命的最早的记忆。

母亲还说过这样一件事。从许昌往西安的火车上，我喊叫“饿”，母亲于是在火车停站的那一刻，将我托付给一个邻座，自己下车去买饼子。母亲不识字，后来上车后，她怎么也找不到我了，于是她发疯似的在车厢里乱窜。“遇见人贩了，他这下完了！”母亲说她当时这样想。后来，母亲突然听到了我的哭声，就循着哭声找到了我，继而紧紧地把我搂在怀里。“咱娘俩再也不分开了！”她说。

回到高村以后，乡间秀才的爷爷，这时候终于站出来说话了。他动了雷霆之怒，领着我的母亲，北上延安。父亲当时在《延安日报》做记者。爷爷用鞭子将父亲抽了一顿，又罚父亲在地上跪了一夜，然后，把母亲、姐姐和我塞给父亲，自己回乡下去了。

这样这段婚姻又重新续起，并且一直到一九九二年父亲去世。平心而论，父亲的婚姻是不幸福的。他那时大约和他的一个女同事有了感情。父亲去世后，在吊唁活动中，我家的门口突然停下一辆黑色的汽车，然后一个哀恸的女人，一身黑丧服，用黑纱巾将脸蒙得只剩下两只眼睛。她在我家的门口哭了半个小时，又在父亲灵前哭了半个小时，而后，像来时那样，又突然消失了。我能感觉到我的母亲知道她是谁。后来我写了一篇《在我们百年，谁是为我们向隅而哭的女人》的文章，感慨这件事。

我母亲虽然不识字，但是极端的聪明。我身上的聪明，很大程度上是继承母亲的。当然，“杂交优势”也是一个方面。河南、陕西相隔甚远，我是他们婚姻的产儿。

我能记忆的第一件事情，是修筑那个著名的延安大桥的情景。那时我们家住在延安万佛洞下面的一个小佛洞里，父亲去编辑部上班，母亲去印刷厂上班，姐姐去上学，他们用一根绳子，将我拴在墙壁上那个女佛的脚腕上。绳子的长度刚可以令我坐在门槛上，又不至于跌到门槛外面的悬崖下边去。

下面的延河边上，有一大群人坐在那里，一边叮叮当当地錾石头，一边唱着凄凉的歌曲。这些人，一部分是从陕北各地招募来的民工，一部分是从莲花寺劳改农场拉来的犯人。在那凄凉的歌声中，我的眼睛里流出了泪水。这个狄更斯式的情节一直跟随了我一生。每当我写作的时候,我的耳畔就响起那音节。

拴着我的那一个女佛,是一个漂亮的女佛。用“增之一分则显肥,减之一分则显瘦”来形容她,最恰当。延安的万佛洞石窟建于北魏时期,上距“燕瘦”数百年,下距“环肥”数百年,所以正是不肥不瘦的时期。

在我被拴在石洞里的那些日子,除了看河滩里的那些人以外,剩下的时间,便是与这女佛四目相对了,而在相对的同时我想念着上班的母亲。后来在我的漫长的一生中,我喜欢过几个女人,有一天我思考到这件事的时候,突然有了一个惊人的发现。我发现这几个女人脸上都有一种宗教的表情,她们都酷似曾经将我系在她脚腕上的那个女佛。

后来一九五八年大炼钢铁期间,动员干部家属下乡,父亲便把母亲和我们姐弟三人(弟弟在一九五六年出生)又送回关中平原上的高村老家。

大炼钢铁的一个内容,就是到渭河上游一个叫浠河的支流里去淘沙子。刺骨的河水令母亲生了重病。她差点死去。后来,父亲不得不把她又接回延安。姐姐要上学,弟弟要吃奶,他们得跟母亲一起走。我是多余的,于是我留了下来,和爷爷奶奶在高村居住。

在高村我度过了一九六一、一九六二年的困难时期。我曾经写过一篇叫《饥饿平原》的中篇，就是取材于这时候的生活。这本书的责任编辑，《十月》杂志的主编王占军先生说他读这篇小说时哭了，他还将许多读者的感想告诉我。

我对他说，吃树皮、吃油渣、吃观音土，那都是我的真实的经历。说到这里我突然双目潮湿，我说我们宁肯不要作家，也不要那些苦难的经历。

是的，我曾经长久地爬在大地上，与那些卑微的乡亲们共命运。我经历过苦难，我看见过死亡的恐怖。在那个时期，在乡间，你能活下来是你的命大，你死了只是让世界少了一张嘴。

而我比那些农村孩子还不如。有一次吃大锅饭，锅里玉米粥舀完之后，锅底会有一些锅巴，队长的儿子说，他要吃那些锅巴。炊事员看见我在旁边眼馋的样子，于是用铲子铲了一块给我。队长的儿子生气了，抓起一把土扔进锅里。

我既不是农村人，也不是城里人。农村人有农村人的好处。他们即便贫困，但是家里会有男人呵护。城里人有了什么事情，还有国家管着。我这一生，直到现在，都生活在这两种文化的冲突之中，经常有一种找不着“家”的感觉。

最难忘的事情是这么一件。

那时候吃大锅饭。生产队在饲养室门外，支起了口大锅，熬玉米粥。每个人头每顿饭是一马勺玉米粥。我和奶奶，用一个瓦罐，抬了一罐玉米粥往家里走。抬瓦罐用的是一把锄头。我走在前面，奶奶走在后面。

突然，我听到身后“哎哟”一声，锄把便脱了手。扭头一看，见奶奶小脚一歪，栽倒了。瓦罐打在了地上，成了碎片。这时候，从田野上的一个斜路上，走来了吆着牛的爷爷。爷爷见状，走过来，抡起牛鞭，没头没脑地朝奶奶头上抽。“老婆子，你要把全家人都饿死呀！”爷爷吼道。接着，爷爷扔下鞭子，俯下身子，捧起那些碎片舔起来。舔了一阵，爷爷吆上牛，又走了。

“不要怨恨你爷爷，他是饿疯了！”奶奶说。

奶奶坐在地上，起不来。通常，她是双脚从怀里一蜷，全身缩成一团，继而两手抱住脚，身子闪几闪，一使劲，才能站起来。现在她就是这样闪着。然后要我在背后推她一把。这样，她站起来了。我们婆孙向家里走去。

我们家在渭河边上。我和奶奶在渭河边上站了很久。渭河喧腾着，自遥远而来，又向遥远而去。在这腾烟的河流之上，一只画舫，正缓缓地驶过。那时渭河上，还可以通航。

熬过了三年困难时期以后，我该上学了。爷爷拧着我的耳朵，步履蹒跚，将我送到村头那座土地庙里去。

记得小学一年级快要放假了，我的一元钱学费还没有交。上课的时候，老师说："还有人没交学费，大家知道这人是谁吗？""黑建！"同学们喊道。"大家羞他！"老师又喊道。喊完以后，他率先示范，将指甲在脸上刮了一下，然后，胳膊伸直，手指直通通地指向我，并且嘴里发出"嘘——"的声音。同学们也都效仿他。

千夫所指的我，好容易才明白是怎么回事了。血往我的脸上涌，眼泪吧嗒嗒地掉在胸前的土台上。我冲出教室，穿过田野，跑回了家里，然后，扑进奶奶的怀里，放开声号啕大哭起来。

"谁欺侮你了，孩子！"等我哭声小了，奶奶问。我哽咽着，将事情的经过告诉奶奶。听我说完，奶奶脸色严峻得可怕。最后她叹息了一声，拖着我出了门，开始挨家挨户地借钱。借了一下午，二分二分地，一毛一毛地，借够了一块。

上小学二年级第十八课的时候,母亲来接我。那是一个初夏的晚上,月光亮堂堂的,我正在场上玩。这时一辆铁轱辘牛车停在了我家门口。“黑建！你妈来接你了!”村里的孩子们喊。

这样我又回到了延安。在那里,我有许多值得记忆的事情。不过印象最深的还是最初的两件。

我小的时候,随着爷爷奶奶在乡下居住。老一代的农村人,有一个习惯,就是喝完苞谷粥以后要舔碗。我见奶奶一边伸舌头舔碗一边咂巴着嘴,一副津津有味的样子,就跟着学。开始学时,将头埋进了碗里,舌头没有到,鼻尖先碰到了碗底了,结果弄了一鼻尖的苞谷粥。后来我跟着奶奶学,慢慢地也就学得老练了。奶奶见我舔碗舔得好,常向邻居夸我,说我懂得珍惜粮食,是个好孩子。我自己也觉得这是一种美德。

回到城里以后,我继续保持这个引以为荣的本事。父亲肯定对这件事面有愠色,但是我由于头是深深地埋进碗里的,所以看不见。终于有一次,我正舔到酣畅处,这时有邻居来串门,父亲觉得脸上挂不住,于是伸出脚,狠劲地踢了我一脚。这一脚将我踢成了一个哲学家,令

我从此明白了,在不同的文化背景下,同样的一件事情,在这里会是对的,在那里却又会是错的。

另一件事是,我上小学二年级的时候,见家里的炕上有一只打火机,就捡起来玩。那时打火机刚流行,我觉得这玩意真奇妙,一打,就有火苗出来了。一天放学后,走在街上,我掏出打火机,一边打一边向同学们炫耀。这时父亲迎面走过来了。“我说打火机怎么不见了,原来是叫你偷去了!”父亲说。在说的同时,他打了我一耳光,然后夺走了打火机。那一巴掌打得很重,我捂着脸在路边蹲了好一阵,眼前才不再冒金星了。这事给我的心里造成深深的伤害。从此我拒绝接触一切机械的东西。小时候家里的闹钟,我从来不去上发条,就是碰也不去碰它。现在家里有两台电脑,可是我怎么学也学不会打字。那电脑的嗒嗒声我一听就心惊肉跳。如果没有当年那一巴掌,我也许会成为一个机械师的,是那一巴掌令我永远远离了机械。

这就是我早年所接受的启蒙教育。

也正是这一切令我后来成了一个作家。

我曾经想把这篇短文叫《作家是生活本身培养的》,但最后还是把它叫成《我为什么比别人聪明》这个标题。实际上这句话是尼采的。我之所以要用这句话作标题，是觉得，我的一部分遗传基因的密码之所以能够打开，正是因为苦难这个催化剂的作用。实际上，每个人都一样聪明，我们的两万多个遗传基因相差无几，问题是有些人将它打开了，有些人则让它一生中都处于一种冬眠状态。

饥饿平原

我对生我养我，成为我创作源泉的关中平原、陕北高原和新疆草原，在那一刻产生一种深深的感恩戴德的心情。我是一个土生土长的庄稼汉。我见过许多人，他们比我要优秀许多。我的唯一所长是手中有一支笔，而他们没有，于是我把他们要说的话说了。仅此而已。

我有三个精神家园：渭河平原、阿勒泰草原和陕北高原。《白房子》是我献给新疆的作品，《最后一个匈奴》是我献给陕北高原的作品，献给我的故乡渭河平原的作品《大平原》，基本上是我的家族史，我认为是真实的。当然，由于有些故事听到的年代太久远了，做了一些艺术性的处理。

写《大平原》的时候我很自信，更像一个阴谋家，把自己关在房子里，沉静地、专注地，叼着一根烟，带着一些恶意的微笑，制造一颗精神的原子弹。渴望思想深处的鬼魂去敲别人的门，缠绕别人，想把心里面这些苦难倒出来，倒出来了，我心里就安坦了。

挖野菜，吃榆树皮，吃油渣，最后没有办法了就吃观音土。这是我人生最重要的一堂课，或者说是第一本教科书。这符合托尔斯泰说的话：一个作家最好的早期训练，是不幸的童年。

我出生在关中平原渭河边一个小村子，很小的时候就经历了贫困、饥饿、死亡。现在的年轻人已经无法理解那段历史了。那时候七岁吧，看身边的人死亡，怎么挣扎着活下去，看中国最基层的老百姓进行着悲壮的生存斗争。当时所有的人生目的，就是活下去。

所有的中国人都是农民，只是有些人脱离土地的时间长一些，有些短一些，有些还在家园做最后的守望。所以要描写中国，要写一本真正具有中国风格的书，了解这块土地上人们悲壮的生存斗争，就必须沉下去写这块土地，写农民，写他们受的苦，写农民式的思考，农民式的狡猾。

第一次学费

东高、西高、东安、西安，四个村子像四枚棋子，将一座古庙围定。这庙后来变成了学校。学校有四个年级，就叫高安小学。

婆说，黑建，你得上学了，不能再野下去了。爷爷拧着我的耳朵，用旱烟袋敲着我的脑袋，步履蹒跚，把我送到学校。这是一九六〇年的事。

婆和爷掏净身上所有的钱，凑够了五角，给我买了书本。书包是婆用老布缝的。一块钱学费，暂时没有，先赊着。

买铅笔和作业本是我的钱。过年的时候，我到大姑家拜年。叩一个响头，大姑给我五分硬币。我看这事能做得，就一连叩了四个，挣得两毛钱。两毛钱归婆保管，现在,它派上用场了。用八分钱买了两张白纸,锥本子,二分钱买了一支普通铅笔,剩下的一角钱,买了一支红蓝铅笔。书包一背,我成了学生。

一学期结束的时候,我还没有交学费。在乡间小学,像这样赊欠学费的事很多,但是等学期结束前,就都会交清的。

家里太穷,别说缴学费,就是连填饱肚子,都很困难。吃的是油渣、树皮、苞谷芯儿之类。阁楼上的麻袋里,有些干萝卜片,我每天早上上学的时候,沿着梯子上到楼上,抓一把干萝卜片充饥。记得曾经有过一回好吃食,那时婆晚上给生产队剥玉米时,偷了两个嫩玉米棒回来,半拃长短。

临近期末考试,班上只有四五个娃没有交学费了。每次放学时,教师总要在队前大声训斥一顿:“没有交学费的,下午就不要来了。羞不羞?装着不知道!”

我自然很羞愧。回到家里,我赖着不去上学,我说不交这一块钱,我是坚决地不去了。婆哄我,她说这老师是咱村的人,说归说,你只当没听见就是了,他不至于为难咱们的。哄得我背着书包又上路了。

最难堪的事情发生在考试前的那一天。班上只有我一个人没有交学费了,这是大家都知道的事。上课的时候，老师说："你们知道，还有谁没交学费吗？""知道！""知道！"教室里吵成了一锅粥，大家齐声叫着"黑建"这个名字。

老师伸出了两只手，向下压了压，要求大家安静下来。然后他说："同学们，大家羞他！"他说着，嘴里发出一声长长的嘘声。在嘘的同时，率先垂范，用指甲在自己脸上刮了一下，而后，伸直胳膊，直挺挺地指向我。

老师的这个动作很优美，全班的娃都模仿他。我处在千夫所指和一片嘘声之中。

我好久才明白了这是怎么一回事。血往我的脑门上涌，眼泪滴答滴答地滴在桌子上。我疯也似的离开教室，穿过田野，然后一头扑在婆怀里，号啕大哭起来。

婆解开她的大襟袄的衣扣，把我的头包住，用手紧紧地搂着我的头。直到后来，我的哭声渐渐减弱，婆才问我："是怎么回事，谁欺侮你了？"

我哽咽着将这个故事讲完。婆不再言语了，她的脸变得异样的苍白，苍白得近乎庄严。

这天下午，婆拉着我的手，从东头到西头，从南头到北头，跑了一村，借够了一块钱。第二天学校是期末考试。考试前一分钟，我握着这一沓牛肉串一样的毛票，走进教室，端端正正坐在我的土台前。

我把毛票端端正正放在土台的角上。当老师来取它的时候,我努力做到使自己不去看他。

这是我的第一次学费。

许多年后,当我在世界上游历了很久,重新回到我的遥远的高村,我的启蒙小学时,破庙依旧。我扶着庙门,听到室内孩子们的琅琅读书声,我感到我经历的那一幕,好像才是昨天的事情。

老师后来死了。有一天晚上睡到半夜,他听到轰轰隆隆渭河发水的声音,于是到河边去看。河中间有一块白色的木板,老师于是脱了衣服,下河去捞。他这一去就再也没有回来。听说,那是一块棺木,上面钉满了钉子,老师的水性虽然很好,但是,在接近棺木的那一刻,他一定是被钉子扎伤了。

婆也已经去世。她埋在一块地势高些的苜蓿地里。这里已经成为乡村公墓。当年,我那一块钱的学费,她是用变工的方式还给人家的。将大家的棉花拿来,经她的手纺成线,再将线还给人家。

我来到婆的坟前,我站在一片铺天盖地的紫苜蓿花丛中,我对坟里的这位亡人说,让这位读书人,从世界上最好的一本书里搜一段话,背给你听吧!

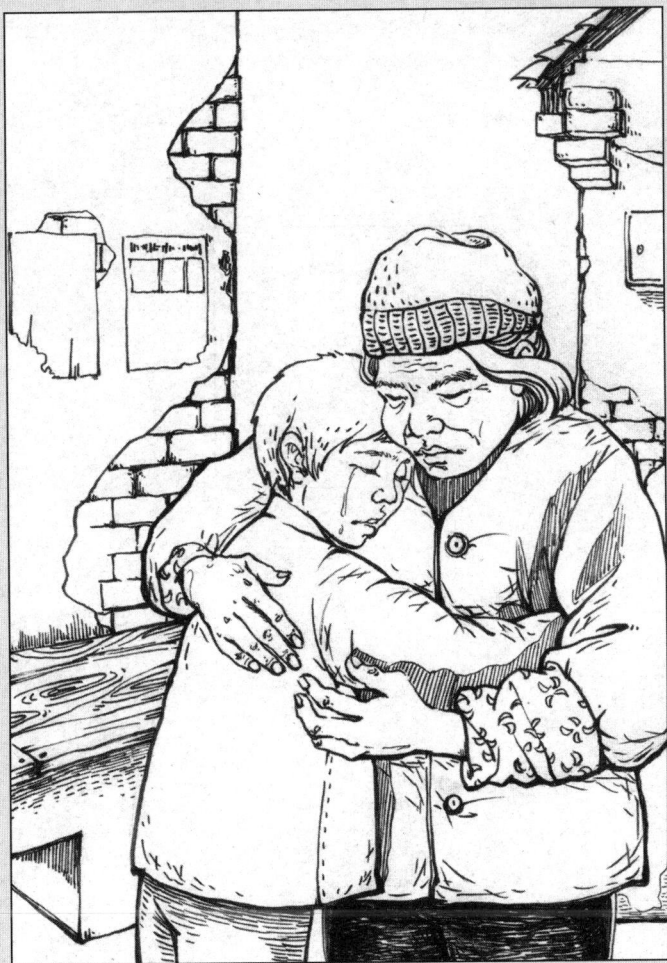

我的饥饿记忆

大年三十那天，奶奶从瓦瓮里，扫了半天，扫出一点瓮底儿，揉成拳头大那么一疙瘩面，做成一个面饼。再变戏法一样，不知道从哪里搜腾出几颗枣，镶嵌在面饼上，面饼蒸熟后，然后被供在锅台顶上那个窑窝里。面饼前，放一个碗，插上几炷香。

这是敬神的，敬鬼的，还是敬列祖列宗的，我不太清楚。

这大约是一九六一年吧，那一年我七岁，在乡下和爷爷奶奶居住。记得从入冬以后，我就没有吃过粮食了。吃树皮，吃渭河畔上的观音土，吃棉花籽油渣。说句难听的话，我拉下的屎，连狗也不吃的。狗看见我拉屎，兴奋地跑过来，蹲在旁边。等我提过裤子后，狗扑过来闻一闻，屎又黑又干，一点臭味都没有。狗抬起头来，藐视地看了我一眼，不高兴地走了。

因此，面对着这个面饼，我垂涎三尺。那时候讲究“熬夜”。这给了我不去睡觉，死死地守住那个面饼的理由。记得，我不停地问奶奶神神什么时候来吃这个饼呀！奶奶早就知道我的心思，她说，神神不吃的，他只看一眼，看这户人家有心没心，还记不记得他，然后拔腿走掉。这饼子留给咱们吃的。这样，我一直熬到后半夜，实在熬不住了，就去睡了。第二天早晨我还在被窝时，吃到了奶奶递来的一角饼子。

我们这一代人是在饥饿中长大的，提起“饥饿”这两个字来，每个人也许都有一篓子话题。二十世纪六十年代初那一场中国地面上的大年馑，那种恐怖的景象，有点年纪的人都还会记得的。

我之所以想起这个话题，是因为要“过年”了。要过年了——该怎样过呀——吃些什么呀！这是物质丰富的今天，人们谈起过年时的几句唏嘘。这些话头让我想起自己童年时过年的情景。

由于小时候的营养不良，我十八岁当兵时的体重是一百〇二斤，刚刚够标准。离开部队时的体重是一百〇八斤。那时，我十分羡慕那些胖人。记得复员进到一家工厂时，我曾问过一个胖乎乎的老工人怎么才能变胖。老工人说，多喝水，多睡觉就能变胖，于是我拼命地喝水，抓住一切闲余时间睡觉，可是还是没有胖起来。老工人又说，你去开两盒六味地黄丸吃一吃，肯定能胖。我后来开了没有，现在记不起来了。不过我现在是胖了。当年我当兵时用一根马镫革做裤带，腰太细，眼不够，于是我用火钳给上面又戳了三个眼儿。这些年，随着肚子一天天腆起，眼又从这个方向不够了，于是我又给这边戳了三个眼儿。此刻，在写这篇文章时，我取下腰间的皮带数了数眼儿，从当年最里边的眼儿到现在最外边的眼儿，一共是十个。眼儿之间的距离以一寸计，也就是说，我的腰围在这些年间增大了一尺。而体重也变成一百七十五斤了。我现在是堂而皇之地胖了，而世界现在又流行以瘦为美，说来也好笑。

二十世纪中国人经历了三次大的年馑，一次是一九二九年的大旱，一次是六十年代初的先涝后旱，一次是一九二八年的中西部大旱。好在这些现在都已经抛在年那边去了。

而在历史上，我们这个多灾多难的民族，一直是与饥饿为伴的。中国境内每一部县志上都会有“饿殍遍野”这句话。

因此在基本上解决了吃饭问题的今天，适逢年关，我以我这段小小的文字，为时代的发展高兴。我觉得吃饭问题的解决，是中国人最值得额手称庆的事情。

洗　　澡

我第一次洗澡是在六岁时。那时我在乡下跟祖母生活。桃花水时节，邻村的表哥用一辆架子车拉了他的母亲和我的祖母，到县城洗澡。县城里有著名的骊山温泉，杨贵妃洗过澡的地方。我们洗的是大澡堂，男室女室，门对门开着，里边各有一个大池子。祖母把我送到男室门口，叫我进去，并且嘱咐我出来得早的话，不要乱跑，就在女室门口等她，而后她就进女室去了。我进了男室，眼前所见，都是男人的大屁股和一张张陌生的脸，我有些害怕。我自小就没有离开过祖母，走路时拽着她的后襟，睡觉时搂着她的胳膊。我的神经终于支持不住了。于是从男池里爬出来，揭过两道门帘，进了女室。当我赤身裸体地站在女池水泥台阶上时，满池的女人都大喊大叫起来。“男的！男的！”她们喊。祖母见状，一把把我拉进了池子。水可以搭到我的脖项，这样，她们就分不清男女了，惊叫声于是停止了。这就是我第一次洗澡的经过。

从第一次洗澡到后来的洗澡，这中间大约隔了十几二十年。北方不洗澡，每天，半脸盆水，把露在外面的脸和手抹一把，就算是文明了。有那讲究的，顶多在洗脸的同时，也把脖子耳朵捎带着抹一把，见见水，就算不错了。后来我当兵，在中苏边界的一个边防站里，边防站的指导员是南方人，他常常感慨说，啥时候能修一个澡堂，让大家每礼拜洗一回澡，就好了。我当时听了，觉得不可思议，不吃饭活不下去，至于洗澡，它真的就那么重要么？记得中亚细亚炎热的中午，笑眯眯的通信员常常打来两桶水，整齐地放在太阳底下晒。我问他这叫干什么？他说这是“晒水”，指导员洗澡用。我听了觉得很稀罕。

那时候我的身体之脏，你是可以想见了。记得有那么一件事，我得了阑尾炎。新疆部队有一句话，叫作“当兵三年，吃进肚子一个毡筒”。我那时恰好当兵三年，吃进肚子的这一毡筒（毡靴）羊毛，于是诱发了阑尾炎。给我开刀的是军区总医院的外科主任，据说曾是叶

剑英的保健医生。开刀前，要将动刀子的那一处皮肤洗干净，一群护士，热水肥皂，在那地方洗了半天，谁知越洗垢甲越多。主任望着手术台上的我，恼火地说："你大约这辈子还没洗过澡吧？"我抗议说："谁说没有？我洗过一次！"主任挥挥手，让将洗脸盆端开。"洗不净的，越搓会越多！就这么开吧！"主任说。说罢一刀子捅下去。手术过后，主任担心感染，要我如果放屁的话，给他们说。第二天，当我捂着肚子，告诉医生们说我放了屁时，一群医生，包括那位主任，才松了一口气，他们说手术成功了。

后来到了地方，当了报社记者，时常出没于宾馆饭店之间，于是也就不时地叨了空儿，冲上一回澡。不过这洗澡仍没成为习惯。我洗澡的一个原因，是那身上黑黑的垢甲，常常从脖子那地方往上蹿。过去在部队，有风纪扣挡着，看不见，而后脖子上那个纽扣可以不扣，因此我的身体之脏，也就无遮无拦了。

记得路遥一次回陕北，住在宾馆里，我去看他。路遥说："有热水，你洗个澡吧！"我在水里泡了一阵，又用手抓挠了一阵，结果池里成半盆黑水。后来出浴，顺手将塞子拔了。后来服务员打扫房间时，惊呼，这池子里谁干什么来着？我进去一看，只见池子底下，池子四壁，沾满了黑乎乎、油腻腻的条状的垢甲。

这几年时兴一样东西,叫电热淋浴器。我这时也恰好搬到一个大些的都市里,于是也就在卫生间里安了这么一个。这样,不出门就可以冲澡了。高兴的时候,冲一次,不高兴的时候,冲一次,这冲澡原来可以调节情绪。出差回来,冲一次澡可以洗去旅程的疲惫,在家里待得久了,冲一次,可以打破你沉闷的思绪。我的身体,自然也干净多了。我对妻子说,过去看南方人,见他们情绪老是很松弛,一副怡然自得的样子,而他们的皮肤总是很细腻、干净,简直可以看见里面血管的血液在流动,原来这与洗澡有关呀!

我以为自己已经很干净了。可是,有朋友说,家里冲澡,根本冲不净,你要洗干净,要到大池子里去泡,然后请搓背师傅来搓。一日,朋友连哄带拉,将我拉到一个叫"银河"的澡堂,浴室分男室女室,每个里面一个大澡堂子,恰好是我童年时候见过的那种情景。我这次自然进的是男池了。我在热气腾腾的大池里泡了有两个小时,然后平展展地睡在池边的水泥台上,请搓澡师傅来搓。搓澡先从耳根搓起,然后一路扫荡,直抵脚尖,继而,翻身趴下,再搓背后。我身上的垢甲,一团一团,一条一条,一疙瘩一疙瘩,纷纷落下,简直把我都惊呆了。

搓澡师傅说,这垢甲大约有二斤,可以肥二亩地。我此时自然是一身轻松,不过见垢甲纷纷落下,心里毕竟是有些心疼:它毕竟曾经是我的一部分呀! 这垢甲,那一片是我在边防线上巡逻时带下的,那一片,是我童年时乡间小路行走时带下的,我如果是一个新潮小说家,光这些垢甲,就实写来,就可以成为一篇现代派小说的。

关于这垢甲,我现在想起一个赞美它的人来了。这人就是我所崇敬的俄罗斯女诗人阿赫玛托娃。她被捧为俄罗斯诗歌的月亮(普希金被誉为太阳),又曾被斥为贵族命妇和荡妇。就是这女人,在她的一首著名的《祖国的泥土》里吟唱道:什么是祖国的泥土? 它是沃野,是田野上泥泞小道,是旅人衣服上轻轻掸落的一丝轻尘,是我指甲缝里的一丝待洗的垢甲。我能想见,这个和我老祖母一样老的女人,站在莫斯科郊外,穿一身黑色连衣裙,手扶白杨,女巫般地吟唱的情景。

日子还有一些,因此这身子还得洗。这身子仿佛一个吸尘器,一路走来,飘飘扬扬的灰尘总因你而找到一个落脚的地方。不过,人的身子,大约本来就脏,不停地洗,不停地涮,这样看到头来,能不能干净些地入土。不过到土里,却又变成了泥巴了。这时候我想起老祖母一句话,她说,“人本身就是泥捏的。”

吃　肉

人从牙齿上讲是一种食草动物,他缺少老虎那样尖利的牙齿和带刺的舌头,从肠胃上讲则是一个食肉动物,他没有牛那种能够反刍的胃。吃肉还是食草,人各有爱,这事不必强逼,亦不必就此分出个优劣与雅俗。比如我的故世的老祖母,她一生不但不吃肉,连盐也不吃,这叫"忌口"。不过喜吃肉的还是大有人在的,比如那个孔夫子。

孔夫子一生,与肉有过许多的事情,学生去求学,他不收你钱,不收你布帛,要你脊背上背一束干肉条来。他四处游说布道的途中,困于下蔡,口里咽着唾沫,发牢骚说:三月不识肉味。至于他见到肉时的那一种馋相,也留下一句话传世,这话叫"食不厌精,脍不厌细"。这话而今已经被那些美食家们奉为圭臬。

不过大人物中，喜欢食草的大约也不少。有个鲁迅，先生有一篇小说，是说老夫子瞅见了碟子里有片白菜心，于是伸出筷子去夹，不过儿子眼疾手快，筷子比他先到。这样老夫子的筷子到时，白菜心已经没有了，缩回来又不合适，于是只好夹起一片菜帮子，完事。这是小说，小说最忌对号入座——虽然这几年对号入座之风日盛——所以我们大可不必认真，说这老夫子就是先生自己。不过先生有一句名言，确实证明是以食草动物自况的。“我吃进去的是草，挤出的是奶！”辛劳一生的先生，把自己比作一头泽被人间的大奶牛。

我喜欢吃肉。如果有前生的话，大约前生是一个食肉动物。小时候，看到我吃起肉来那一种馋相，母亲常感慨地说，等什么时候有钱了，买一头肥猪，吆进你的肚子里去，让你吃个够。但她没有钱，现在也没有。我现在倒是有一些余钱了，可以放开肚子去吃肉了，甚至一只羊，一头猪，一头牛，一匹马，都可以轻轻易易地买下了，只是我的牙齿——我的牙齿已经七零八落，啃不动肉了。这话在这里说出有点伤感。伤感的我这时记起印象派大师雷诺阿的一句相同的话，雷诺阿说：“当我终于可以买得起最好的牛排时，我口中的牙齿已经掉光了!”

回忆童年,几乎没有关于吃肉的记忆。那时我随祖母住在乡下。不过搜遍记忆,吃肉的事大约还是有过一次的,那是生产队的一头老牛死了。因为老牛之死,那一天便成为全村人的节日。每人分得四两肉。叔父是队长,他将牛头也扛回了家里。这大约并不是一个便宜,因为牛头很难煮。大约到深夜两点,将老坟地里刨出的那个柏木疙瘩烧完了,牛头才煮烂。我一直就着煤油灯,守候到两点。其实,从牛头一进锅里,开水一滚,肉上没有血丝了,我就开始偷偷地抠着吃。

前些年说人是万物之灵长,世间万物,人皆可以因己而用。这几年又说人并不应该有这个特权,自然界中,人仅是一分子而已,他和一匹马,一只羊,一只蚂蚁,一只跳蚤,都是平等的,应当彼此善待。我是同意后一个观点的。非但同意,而且还想进一步发挥说,不独是动物,那些植物也是有知觉和生命的,人类亦不应该对它们妄加杀戮才对。这论高则高矣,但这同时就带来了一个问题:人的嘴巴,无论食草,无论吃肉,总得有东西往那里面填才是,你总不能将它吊起来吧。我们的智慧不够,也许后来的人们可以解决这个两难问题,或者让我们从此不吃,或者可以让我们从此心安理得地猛吃。

有预言家说，马肉在二十一世纪，将成为人类对肉食的第一选择，现今的牛肉、猪肉、羊肉、鸡肉、鱼肉之类，将退居其次。预言家说这话时，是以强调马对于人类的重要性为出发点的，不过这话令我有些不舒服。动物中，我和马的感情最深，当骑兵时，我的胯下曾长时间地骑过一匹马，人们称它“无言战友”。那马肉也并不好吃，复员时，我们从边防站向乌鲁木齐一路走来，那一年是倒春寒，雪地上躺满了倒毙的牧民们的马。我们就是这样像草原上的饿鹰一样吃着死马肉走到乌鲁木齐的。那马肉嚼在嘴里，很漠，有一股酸味，大约是在雪地里停放太久的缘故，还有股死尸味。

这几年物质丰富，人们于吃，是空前地讲究起来了，孔老夫子的“食不厌精，脍不厌细”的理想，正在实现。去年冬天我糊里糊涂地去开了一个会，去后才知道是西安城的一百家宾馆、酒楼、餐厅、饭店举办振兴陕西饮食业研讨会。会上他们要我讲话，我吓得头缩到桌子底下。我说我在家里连饭都不会做，岂敢在你们这些专家面前妄谈饮食文化。会后吃饭，各家都把自己最好的菜摆上桌，更有那些啤酒、甜酒、白酒厂家，亦将各类酒恨不得捏着鼻子往你嘴里灌。小姐站在你旁边，求你多吃一些他们的菜，多喝一些他们的酒，以此证明他们的是最好的，并说老板就在后边监督，送不完没法交代。我只苦笑着说，我这里只有一个肚子。

去年夏天，我去了一趟福州。我对海味，一向不喜欢，饭间，主人将那些带壳的海生物，往我碟里夹，并问我好吃不好吃。我这人面软，想讨主人的喜欢，于是连称“好吃”。见我这样说，许多双筷子又将那些海生物往我碟子里堆。“在你们北方，是吃不到这么新鲜的海味的！”他们说。我只得硬着头皮往嘴里填，一边填一边做好吃状。那次老婆也去了。她却是个敢于说真话的人，她说：“这是什么，一点都不好吃！”这样，众人便饶过了她，下来后她对我说，咱们只在这里住一个星期，那些南方人，他们成年累月生活在这里，真不知道是怎么过的。下午我到街上，买了一堆方便面回来，结果电梯里遇到了他们老总，双方都很尴尬。下午桌上的伙食，便变成北方菜了。

一部人类文明史，从某种意义上讲，其实是一部吃的历史——这吃包括吃草和吃肉。“民以食为天”，是那些治人者们的话；“千里当官，都为吃穿”，是那些牧者们的话；“男儿嘴大吃四方”，则是老百姓的话。更有那马克思主义的经典作家们，一眼洞穿了那被层层虚假的外衣所掩盖的生活的本质，那本质即是：人们必须首先有了衣、食、住，然后才能谈得上别的。我是一个几乎没有欲望的人，于饮食方面，亦是如此，对我来说，一碗酸面汤，就是最好的草，一盘红烧肉，就是最好的肉了。况且，从去年开始，随着马齿徒长，我的饭量，已经减了一半甚至三分之二了。

我们村子那些照明的历史

我出生在渭河边的一个小村子里。母亲说，我出生时天麻糊黑，正是掌灯时分，那时照明用的灯，是清油灯，点的是菜籽油。高高的灯台，上面托起一汪油，那灯捻子上的火苗一闪一闪的。不到一岁的时候，我就离开老家，去了延安。

一九五八年“大跃进”时，号召干部家属下乡，这样母亲又带着我们离开了延安，回到老家的村子。那时村子里点灯依然是油灯，不过灯台上，大多点的是棉花籽油，还有一些人家，开始用煤油灯。等到一九六一年，三年困难时期结束，我要回到城里时，我的爷爷正和村子的一群老汉，蹲在东墙根晒太阳。爷爷说，以后想要死，就容易多了，不用上吊，不用跳河，把个电线绳头儿一摸，一点痛苦都没有，人就过去了。好像是印证他的话一样，这时从官道上，来了一支长长的大车队，大车上拉着电杆，这块偏僻的平原就要通电了。

我没有等到通电，就离开了村子。在延安的时候，我常常想，爷爷什么时候死呢？左等右等等不来消息，后来我明白了，怕死的人才整天把死挂在嘴边的。

等到我又一次回到高村，是“文革”结束，“我们也有两只手，不在城里吃闲饭”那个运动中。这时，这块平原上电已经早早地通了，夜来大平原上一片光明。电这个伟大的东西，给平原上的人们的生活带来巨大的变化。给我最深刻印象的，是脱粒机。把麦捆子往旋转的机器里一扔，这麦粒和麦秸就分家了，十分省事。这叫我想起“三年困难”时期，整垛整垛的麦子垛，沤烂在场上的事。当时如果有这脱粒机，麦子就不会沤烂了，平原上的人们，也不至于挨那么多的饿了。

后来我当兵走了，当我又一次回到亲爱的高村的时候，电给人们照明，点亮了这亘古的平原的夜晚，电使用于各种农业器械。尤其是，在村子的旁边，建了一个三级扬水站。人们把渭河水抽上来，连送三级，灌溉这一块平原。

如今，因为过世的父亲埋在老家的乡村墓地里，所以我每年都要回去几回。我感觉到，我的那古老的村子，正在步入现代化，越来越成为西安的一部分。临潼区将我的那村子，规划为农村文明示范村，这样，修了水泥公路，从村边绕过，而村子里的街道，也经过整修，打了水泥路面。

尤其是，人们还给这个文明示范村的所谓街道上，安装了路灯。据说，这路灯还专门安排了一个人管理，夜来时，准时开灯，天亮时，准时关灯。那管这事的，是我的一个族里兄弟。

我感谢电这个有些伟大、又有些奇怪的东西。它改变了这个世界，它改变我们所有人的生活。我常常想，在那没有电的黑暗年代，这世界会是一个什么样子，而人们又是如何生活的？因为现在偶然地断一个电，满世界就会一片惊慌。

答《中学生》杂志问

中学时代

问：二十世纪六十年代，你看见了贫穷、苦难和人类生存状况的悲凉无奈。这种早期教育叫你的心永远贴在大地上，叫你对这个世界充满了一种佛家的大慈悲、大关怀。你觉得童年有哪些事情对你的成长产生了很大的影响，现在想起自己的中学时代，你最遗憾的是什么？是否怀念自己的中学时代？在你的中学时代，有什么记忆深刻的事情？

答：没有什么遗憾，稀里糊涂地就过来了。我不怀念，因为那时候我多么地没有力量呀！中学时代影响最深刻的事是参加"文革"，社会的大动荡大变革强烈地影响着我。列宁说过，人们在非常时期受到的锻炼，一年等于几十年。

问：你认为中学时代是一个人最美好的时光吗？

答：无所谓美好不美好。每一个季节都是季节。

问：你怎样定义一个人的成长？你觉得成长是一个容易的事吗？

答：作家杨争光在小说中说："孩子这样想的时候，童年正在结束。"——这就叫成长。成长是一件自然而然的事情。

问：你还记得自己中学时代第一个真正喜欢的女生吗？

答：上初中时，我好像喜欢过一个直率泼辣的女生。喜欢的原因是我在转学要走的时候，她扶着教室的门框，深情地看着我走远。她后来当兵走了，是文艺兵，现在在北京。有趣的是四十年后我们同学聚会，当我说起这事时，这位女同学竟然连我是谁都不知道了。在场的所有的同学在那一刻都为我悲哀。

问：能不能讲一讲你当年考大学的一些趣事？考上大学对你来说意味着什么？

答：七十年代恢复高考，我那时刚从部队复员，也就去凑热闹。结果，我的数学考了六分。而这"六分"还是蒙的。有一个大题里包括五个小判断题。可以给这题打对号,也可以打错号。于是我给它们全部打成了对号。这样在这个百分卷中我得了六分。那时考零分不能录取,这是规定。我那次没有考上大学,后来也就不再考了。没有上大学对我是一个一生的遗憾。你要知道,没有那张"羊皮纸",我这大半辈子受了多少窝囊气呀!

问:现在回忆过去,你觉得自己获得的最好的品质是什么?你觉得自己现在的成功和这些美好的品质有关系吗?

答:我的身上有许多优秀品质。第一,吃苦耐劳,或者像路遥说的那样——对自己要残酷!第二,我行我素,特立独行。第三,绝不允许自己庸俗。第四,不畏强暴。第五,有崇高感。第六,爱一切人。成功不成功那要看命里有没有,但是一个人必须像个人那样地活着。

问:老师常说,为了学习应该减少课外活动,抓住事物的主要矛盾,我们都很苦恼。你上中学的时候也有这样的困惑吗?

答:我是风吹大的雨打大的!所以我赞成你们到原野上去撒野。世界上有些事情是大事,有些事情是小事。只要你认为重要的,你就去做。生命是我自己的,所以我不妨大步地向前踏去。

写　作

问:一件东西放在你面前了,而你也明白,你所以来到这世上,就是为完成它而来的。但是,你的能力不够,做不好它。这时你强制自己说:去做吧,做不好总比不做强,离目标更近些。你觉得一个普通的中学生能有当作家的梦吗?或者说,他们朝这方面努力有必要吗?

答:处在中学生年龄段的每一个人都是作家和诗人。区别只在于有的人敢于表达,有的人羞于表达。这情形就像花到了这个季节就要开放一样。以前的人出天花,他这一生一定要出一次天花,如果没出,躺进棺材里变成累累白骨,那骨头也要出一次天花的。这情形正如青春期之于文学。中学生涉猎一下文学最好,即使不当作家。

问:你觉得什么对你最重要?你怎么理解名利?

答:如果我今天写点东西了,那么今天就没有白过。否则,就是行尸走肉。名利什么都不是,那是专门诱惑你放弃大目标的东西。中饱私囊那不叫“利”,半世浮名那不叫“名”。于右任写给蒋经国的中堂上说:计利当计天下利,求名应求万世名。

问:成功需要机遇,你认为你成功的最大机遇源于什么?

答:你要相信有“命”“命运”“宿命”这个东西。我从来不敢说我成功,在文学面前我永远是一个战战兢兢的学徒。如果说要忠告中学生朋友的话,那么我想说,要敢于成功。吝啬的生活在你这漫长的一生中,总会给你几次机会的,机会来了,你要勇敢地抓住它。这里第一要战胜自己的怯懦心理,第二要敢于从芸芸众生的队伍中走出。雨果说过:你要开拓沼泽地,你就得耐着性子听青蛙聒噪。

问:你怎么理解“名人”这个词汇,你对很多想出名的中学生有什么忠告?

答:我不是名人。你们也不要去想什么出名。多么浮躁的时代呀!踏踏实实地做事,积沙成塔,蓄久成势。你每天都在进步,你这一件事情比前一件做得好,这就够了。即使你有一天真的一觉醒来,名满天下了,这时你最应该做的事情,是穿一件破衣服,混迹到城市的人群中,装傻。“装傻”是中国五千年文明熏陶出来的最高境界。

问:中学生应该怎样阅读《最后一个匈奴》这本书?

答:时代是由一根链条一根链条连接着的。《最后一个匈奴》记录了二十世纪的历史，你们读它，就会发现自己是从哪里来的，这个东方人类族群是如何走到今天的。

其　他

问：美貌、才华、财富，你最喜欢什么？

答：这三者兼而有之最好。如果不能，那么我喜欢美貌。一朵花站在山崖上，它怒放着自己，装点着我们平庸的单调的死气沉沉的生活。所有的路人都有理由向它们致敬。

问：那你每天出门打扮自己吗？

答：我从来不修饰自己。我是给我看的。

问：你有秘密会告诉别人吗？

答：事无不可对人言。

问：你最喜欢什么动物？

答：所有的动物我都喜欢。它们既然来到这个世界上，就有来到这个世界的理由。我在死亡之海罗布泊待了十三天，那里没有任何动植物，像月球表面一样。后来我发现了一只花翅膀的小苍蝇，这是土著。我称它为“伟大的苍蝇”。并且说，在这死亡之海，每一个生命都值得去为它礼赞。

问:你最讨厌什么样的事情?

答:奴颜媚骨。狗一样的生活。

问:你平时最喜欢吃什么零食。

答:抽烟。嘴老让烟占着,所以没有空吃零食。大家不要学我。或者把我当个反面教材。

问:如果用颜色形容自己,你会选哪种颜色?

答:每一种颜色都是好颜色。凡·高《向日葵》的那暴戾的猩黄,西藏古喇嘛寺那种崇高的绛红,都是人间之大美。

问:有哪些事是特别想做的,但还没做?

答:我一直想在有生之年,为孩子们写一本书,那情形,就像法国女作家乔治·桑在一本书开头说的那样:"亲爱的孩子,现在老祖母要给你们讲一个有奇迹的故事了,因为你们正是相信有奇迹的年龄!"

问:第一次与自己的读者见面,什么心情?

答:我向他们致敬。他们向我致敬。像两个隔着一架山的山民,共同来到山顶,一边看风景一边握手一样。

问:你对自己有什么样的认识?你用什么方法认识自己?

答:我永远是高家渡渡口前那个不谙世事的孩子。

我对坐船的人说，我有个故事，你们愿意听吗？我认识自己的方法是：别人的脸就是我的镜子。这样我能随时调整自己，以便与这个世界和谐相处。

问：你对于喜欢你的众多的中学生读者最想说的一句话和最想做的一件事各是什么？

答：我想对中学生朋友说的一句话是：从现在就开始积蓄力量，准备用一生的时间做赌注，去完成一件事情。而我要对中学生朋友最想做的一件事，前面已经说了，就是在有生之年为孩子们写一本书。那也许是我的封笔之作。

无聊读书

西方永远不了解东方，东方也永远不了解西方。东方和西方，是两个在各自的蛋壳里孕育出来的文明。人类的隔绝史是三百万年，人类的沟通史只有三千八百年。距今三千八百年前，匈奴人第一个跃上了马背，靠马作为脚力，人类才开始有可能进行这跨越洲际的穿越！

东方文化传统与西方文化传统迥然不同，东方文化是从老子和孔子开始的，叫“学好文武艺，货与帝王家”，所以，东方文化没有公共知识分子这个概念。西方文化是从苏格拉底开始的，他本人就是一个公知，这种文化传统沿袭至今！

读“仓颉造字”所想：人类创造语言，一半的目的是为了表达感情，一半的目的是为了掩饰感情。人类创造文字，一半的目的是为了书写历史，一半的目的是为了歪曲历史。人类创造上帝这个概念，一半的目的是为了守住内心的宁静，另一半目的是为了以上帝的名义作恶。

千万不要盲目相信历史学家为我们提供的所谓历史。历史是胜利者书写的。关于赫连勃勃，这个完成匈奴民族最后一声绝唱的草原英雄，这个修筑了一座辉煌匈奴都城的五湖十六国之大夏国的君主，有理由被我们记住。我想说的是，每一个民族，在他们历史的发展进程中，所进行的生存斗争，都值得我们后人尊敬。

普希金在看了果戈理的作品后说，你要写大的东西，你不应该再用这些小玩意浪费你的才华了，我给你一个题材叫“死灵魂”你拿去写一写吧。我在写每一部作品时，就会想起这句话，我不能让自己轻飘飘起来，我一定要写厚重的作品。像一条河流在流淌，我要写潜伏在下面的东西，不能写漂在河流上面的那一层泡沫。

门罗获诺奖了，没有读过她的作品，不便评论。村上的作品，大部分读过，激情，隽永，有点像我的朋友，中国诗人汪国真。但是村上不是大师，不是人类精神的教父，仅是好小说家而已。日本国曾出过一位像鲁迅那样的大师，叫芥川龙之介，他沉郁，严厉，大格局。那些后之来者们，则总脱不了小样。

影响我人生的书

我的母亲不识字。母亲智商极高，她要再能识文断字，肯定会成为一个人物。可惜她不识字，世界在她面前像一堵墙。大约是作为补偿，我认得了字，认得字后又酷爱书，酷爱书后又自己写书。我读过许多书。我在西北大学百年校庆演讲时，拍着自己的大肚皮说，我的大肚皮就是一个图书馆。

我第一次读大量的书，就与图书馆有关。那时“文革”开始，县城的人就像疯了一样，纷纷去搞“打砸抢”。刚上中学的我，对弟弟说，咱们去抢图书馆吧！于是我领着弟弟，举着一面小红旗，臂上挂个红箍儿，来到图书馆前。先喊了一阵口号，又念了一阵语录，然后对馆长说：我们要抢图书馆。

记得我从图书馆搬来了大量的书。那情形,就像蚂蚁搬家一样。“文革”期间不上课了,我就在家读这些书。这些书大部分是中国的,除四大名著外,二流的、三流的古书都有,比如《五女兴唐传》《济公传》等。但给我留下深刻印象的,不是那些名著,而是一套八卷本的《中国民间故事集成》。这些民间故事打开了我的眼界,让我知道世界很大,很远,很辽阔。

带给我影响最大的一本书,是罗曼·罗兰的《约翰·克利斯朵夫》,这是1979年读的。省作协恢复活动后办了个读书会,我是第三期。班主任黄桂华老师说,这是一本孕育了中国一代人文知识分子的书,讲的是个人奋斗。该书是读书会必读书目之第一篇,这样我就陷进四卷本《约翰·克利斯朵夫》的情节里。我读完了,像做了一场梦一样。人的心灵原来可以丰富到如此的程度呀！在脱离了兽性之后,人的心灵可以变得如此崇高,如此美好,如此深刻,可以如此有尊严地活着呀！相形之下,我才发现自己此前的那些所谓创作,距离真正意义上的文学还很远。

带给我重要影响的另一本书,是大诗人拜伦的《唐璜》。这个叛逆的浪子拜伦,他要离开英国了,于是挥舞着黑手杖,指着雾伦敦说:“要么是我不够好,不配住在这个国家;要么是这个国家不够好,不配我来居住!"说完,登上一辆豪华马车,右臂挽一个白人美女,左臂挽一个黑人美女,开始在欧洲大陆游荡。这个《唐璜》就是游荡的产物。他一路走,一路写诗,一路将这些诗寄给出版商,换行程的路费。我写《最后一个匈奴》时,案头放着两本参考书,一本即《唐璜》,一本则是《印象派的绘画技法》。《唐璜》教给我大气度,教给我如何用一支激情的秃笔,在历史的空间里左盘右突。莫奈、德加、雷诺阿、高更、凡·高这些印象派大师,则教给我如何把握总体和谐。

最近这些年,给我影响颇大的两本书是《人类与地球母亲》和《历史研究》。这两本书是一个叫汤因比的英国学者写的。这人,在英国的地位,相当于咱们的中科院院长那样的角色吧。他的这两本书,像一个学者写出的历史小说。他从两河流域的文明开始写起,写了埃及文明、叙利亚文明、古希腊文明、中华文明、古印度文明、古罗马文明、日本文明等等,写这些文明板块的发生、发展、强盛、盛极而衰的过程。这两本书给了你一个居高临下认识世界的角度,它像一个大包袱,把这个世界一包裹之。告诉你各文明板块是怎么回事,并且试图探讨人类未来的走向。

汤因比基本上是公允的,他对中华文明给予了最高的礼赞。他还说,假如让我重新出生一次,我愿意出生在中国的新疆,那是世界三大游牧民族中两个民族消失的地方,是世界的人种博物馆,那是一块多么迷人的地方呀！我喜欢汤因比,是和我的阅历有关(我在新疆待过),和我的气质有关(我基本上是一个浪漫主义者),和我的关于中华文明是由农耕文化和游牧文化两部分组成的思考有关,和我写作《胡马北风大漠传》《成吉思汗的上帝之鞭》《走失在历史迷宫中的背影》等书和文章有关。

最后我想说的是,生活是一本常读常新的大书。碑载文化中许多民间智慧是没有的,它得靠你向生活学习。

无聊才读书

我读过很多的书。这话有些夸张！我的骨子里有一种夸而张之的情绪，自己也知道这不好，起码是不符合中国国情，但是有时候一不留意，就表现出来了。

我看书看得很杂，什么样的书都拿来看。只要能看进去，就潜入其中去看。我看书从来不是为了什么需要，而是把看的本身当作一种享受。鲁迅在他文学活动初期，给书房里贴过一副楹联，叫“有病不求医；无聊才读书”，我的读书，亦是如此。

给我最重要的影响的一本书，也许是罗曼·罗兰的《约翰·克利斯朵夫》。

《约翰·克利斯朵夫》带给我的影响是可以想见的。我被深深地震撼了。我明白了在此之前我接触的都不是文学，而只是宣传品。我还明白了人除了是一个吃喝拉撒睡的臭皮囊之外，他还有精神的一面。而在那精神的高处，是怎么的铺张和辉煌的景象呀！因为你是人，所以你有责任令自己高尚起来。

我看过很多书，因此叫我一一枚举，真是一件困难的事情。你列举了这本书，那么对你没有列举的那本书是不公平的，不是么！

我喜欢过俄罗斯文学。前不久和西班牙作家代表团座谈时，谈到俄罗斯文学，我说，我对自普希金开始，一直到苏联的一流、二流，甚至三流作家的作品，都能达到如数家珍的地步。

我喜欢普希金这个浪子，他的一句短短的诗就能激起我半天的惆怅。果戈理的中篇《肖像》、屠格涅夫的中篇《春潮》，都达到一种艺术的极致。托尔斯泰最好的作品，也许是一个叫《一个人需要多少土地》的短篇。一个人需要多少土地呢？托翁告诉我们，一个贪婪的俄罗斯外省的地主，在经过一生的掠夺土地的斗争之后，老了，就要死了。死之前，他让人把他抬到挖好的墓穴去看。看着墓穴，这个濒死的人突然明白了一个道理：一个人，其实只需要三沙绳的土地，即可以收容下他尸体的那么一小块土地，就足够了！

我也喜欢英国大诗人拜伦的《唐璜》。《唐璜》的那

书馆

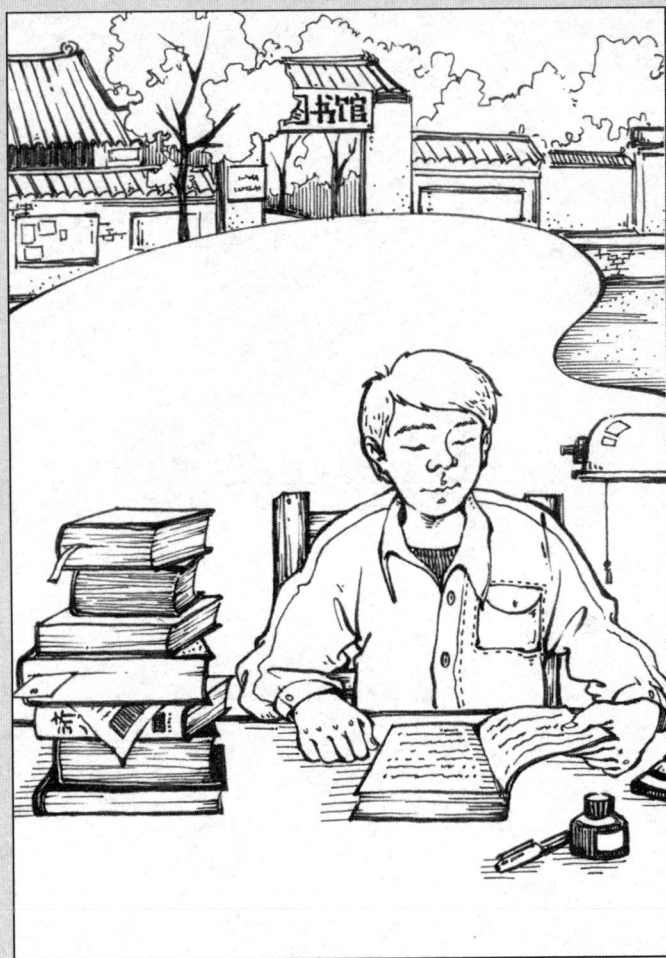

种大机智、大幽默、大气度，简直可以包容一切、吞没一切。在文学创作中，我贪婪地从《唐璜》中汲取着营养，数十年不辍。普希金是伟大俄罗斯文学的开端，而俄罗斯文学一夜间从小草变成大树，个中奥秘就是普希金对拜伦的模仿和承袭。普希金说："我因为拜伦而发了狂。"《叶甫盖尼·奥涅金》简直就是《唐璜》的俄国版。

我还喜欢《凡·高传》。人类那一幕凄凉的图景叫我落泪。一个人在选择了艺术的同时他就选择了不幸。这是艺术家共同的宿命。他将把自己像祭品一样为缪斯献上。

在我最近读的书中，有两本书给我以影响。一本是李银河博士写的《性与婚姻》。李博士让我们知道了许多东西，她的东西方比较虽然不够全面、沉稳，但是带给我们许多新鲜的信息。李博士是已故作家王小波的妻子。话到这里了，那么我想说我十分喜欢王小波的小说。王小波比获得诺贝尔奖的高行健，更懂得中国，而王小波的小说风格，似乎也正在有意无意地完成着中国小说和世界小说的接轨，可惜他死了，愿他安息。

我正在看的另一本书是阿诺德·汤因比的《历史研究》。一部人类史，汤因比用一本书将它概括了，而且言之有据，论之有理，这真叫人折服。我所以喜欢这本书，是因为我过去曾经关注过匈奴民族，眼下又在关注罗布泊和楼兰,而在这本书中,汤因比关于欧亚大草原的阐述,让我看到了一个英国人的视角是怎样的。

我写过十多本书。我从来不读自己的书,连书架上也不去放。这原因是,我的文字都是在感情炽烈的情况下写成的,我没有勇气在看的途中再承受第二次激荡。这情形,就如同达吉雅娜在写给奥涅金的信中说的那样:我的信到这里就写完了,重读一遍都脸红。

有书真富贵

我喜欢普希金这个浪子。普希金的每一句寻常的诗句都能让我血液像火苗一样燃烧。如果这位稀世天才不是把时间过多地用到与美人调情上，他的成就会更巨大。那年在西影厂舞会的静场期间，在小提琴曲《梁祝》的声音中，我即席朗诵了一首普希金的《致大海》。我口中魔咒一般念出“这是一座峭岩，一座光荣的坟墓，沉溺在这寒冷中的，是那些威严的记忆——拿破仑就在这儿逝去。而在他之后，正像风暴的喧腾一样，另一位天才，我们思想的另一位王者，也随他而去！”我朗诵的时候台下一片萧然。这些西部电影的制作者们说，许多年已经没有听到这么崇高的声音了，记得这声音，只有当年孙道临在朗诵《哈姆雷特》的那“活着或者死去"的著名独白中有过。

高尔基称普希金是俄罗斯文学"一切开端的开端"。普希金直接的学生是《死魂灵》的果戈理和《当代英雄》的莱蒙托夫，间接的学生是小说三巨匠（屠格涅夫、陀斯托耶夫斯基、托尔斯泰）。作为过渡人物，契诃夫也是一个应该注意的短篇大师。苏俄文学中，我喜欢低吟着"金黄的落叶堆满我心间，我已经不再是青春少年"的叶赛宁，和被称之为资产阶级贵妇兼荡妇的阿赫玛托娃。自然，《静静的顿河》的作者肖洛霍夫的书，或可一读。

美国文学从一个叫华盛顿·欧文的名气不大的作家开始。欧文的游记《阿尔罕伯拉》，描写对象是西班牙的苍凉高原，写得棒极了。他的一篇类似中国的《秋翁遇仙记》式的短篇，描写一个人到山里睡了一觉，回到村里，世界已经面目全非了。据说这小说开美国文学之先河。

不过奠定美国小说牢固根基的是霍桑的《红字》。自后，美国的小说艺术就像美国的国力一样，呈现出王者之相。美国有许多不拘一格的好小说家，要列举出他们的名字会是长长的一大串。而美国的现代戏剧则从一个叫尤金·奥尼尔的人开始，他的《榆树下的欲望》是真正的经典。他的女儿据说嫁给了滑稽大师卓别林，而女儿的女儿是好莱坞的一位忧郁的女明星。

法国有许多好作家，雨果的沉雄，巴尔扎克的包罗万象，卢梭的歇斯底里，大仲马的粗放耕作和小仲马的婉约抒情，都给人留下了深刻的印象。那里好像是一个出小说家的地方。不过法国人生性轻佻，缺少深刻和哲思。当然我这样说也许失之于偏颇，这个伟大国家出过卢梭，出过罗曼·罗兰，出过萨特和加缪。思想即力量，他们的思想的太阳越过世纪，至今还照耀在我们头顶上。

不过你千万不要小觑了德国人。日耳曼民族是一片出思想家的土壤，马克思、弗洛伊德、尼采，这些人简直就是一个时代，就是人类的精神教父。

日本出过两个好作家，都是古典的，一个是夏目漱石，一个是芥川龙之介。我常常感到鲁迅先生小说中那种沉郁之气，就来源于芥川。当代这几个获诺贝尔文学奖的作家，我都不喜欢。我的参照物是拜伦，和拜伦的磅礴大气相比，川端康成的病态美简直就是小儿科了。不过这几年热起一个叫村上春树的，他的《我们年代的传说》《国境之南·太阳之西》，无聊之际不妨读一读，虽然给你带不来大的震动，但也不至于虚度时间。

拉美那一块地面，正像出过留两撮小胡子，行动怪异的守门员依吉塔，出过另一个守门员，跳跳蹦蹦的花蝴蝶坎波斯一样，那里的文坛，也不时地从丛林里走出个把莫测高深的怪人，例如略萨，例如赫尔博斯，例如马尔克斯。

中国新时期二十年，出过一些好的作品，例如张贤亮的《习惯死亡》，例如王小波的《天长地久》，等等。不过新时期最好的一本书，是张承志的《心灵史》，这位作家是如此真诚地走进了人类一个群体的心灵空间里。记得不久前，一位美国访问学者和我对话，她说，高行健先生的《灵山》获诺贝尔文学奖，肯定会受到中国主流文学的冷遇的，这是他们早已料到的事情，但是，令他们迷惑不解的是，中国的非主流文学，甚至甚于官方，对此事表现出了更大的冷漠。她问我这是什么原因，我说，你看看张承志的《心灵史》，你就自己有答案了。《心灵史》是纯粹的东方和中国的，较之《心灵史》，《灵山》对东方和中国的理解，只是得其皮毛而已。

“有书真富贵”这句话，是我十多年前在西安街头签名售书时，一位读者朋友要我写的话。十多年过去了，许多事过去了，独独这一句话始终记得。此刻写这篇文章，于是用它做了标题。

书籍于我

——为《中学生报》而作

我们的知识大抵来源于两个方面，一个是社会生活，一个是书本。社会生活本身也算一本大书，我们的阅历便是阅读它的历史。说到书本，萧条异代不同时，世界广阔天各一方，人们不可能面对面地交流他的思考，于是凭借书本，来和世界对话，和未来对话。而那些古老书籍，从这个意义讲，简直是从前的人们留给我们的遗嘱了。

记不准了，我小时候大约嗜书如命吧。从上小学一年级开始，我的书包就比同学们重了许多，里面最初装的是小人书，后来随着识字渐多，逐渐变成大部头的作品。记得我是上小学期间看过《钢铁是怎样炼成的》

《红岩》《我的一家》《林海雪原》等等。这样，我的数学成绩一直不好，总是徘徊在及格与不及格之间，作为补充，我的作文却特别好，我简直成了语文代课老师的宠儿，对我来说，每一堂语文课就是一个节日。

我阅读大量的书籍是在“文革”期间。学校停课后，“文革”初期，我和同学们一起上街举了几次拳头，便缩回家中了。其时县图书馆被抄，大量的书籍被在广场上堆起烧了。趁着混乱，我脱下衣服包了好多的书回家。原来和我干这一样勾当的还有好多学生，所以我的书看完后，就拿去交换着看。这样，在几年中，我阅读了大量的书。这些书大部分是古典文学作品。除了四大名著外，还有一些二流的、三流的古典作品，例如《济公传》《五女兴唐传》之类。我的小说中有一点古典味，大约得益于这一时期的阅读吧。

高中毕业后，我到中苏边界一个荒凉的边防站服役。那里条件极为艰苦，无文化生活可言。我相信我的一部中篇小说已经准确地给你描绘了白房子边防站的全部。那五年时间我也许只读过一本书，就是苏联小说《多雪的冬天》。这本书是从边防站开巡逻车的司机的驾驶室里发现的。虽然没有书读，但我对那一段苍凉岁月充满感情与回忆。远离了物欲与尘嚣，这有助于我长期地沉湎于思考，并且用我所掌握的一点贫乏的知识试图解释人类。

我系统的阅读期是在从部队复员到一家地方小报之后。白房子时期,我的几首小诗有幸在《解放军文艺》刊登,这唤起了我久久抑制的对文学的兴趣。在报社工作期间,适逢新文学十年伊始,大量的中国的和外国的文学名著纷至沓来,令人目不暇接,于是,我一边创作,一边阅读。

这以后,曾有三五年时间,我沉湎于俄苏文学那种忧伤的抒情气息中。我对俄苏文学自普希金之后以至今日的所有大家及其二三流作家,熟悉到如数家珍的地步。古典作家不说,现当代作家中,叶赛宁、阿赫玛托娃、巴乌斯托夫斯基、纳吉宾、阿斯塔菲耶夫、艾特玛托夫,都令我为之倾倒。后来有一天,我突然不喜欢俄苏文学了,我觉得它缺少直接和深刻。我像当年的普希金一样为英国的拜伦发了狂。从拜伦开始,我向英国文学的过去和现在两极走去,我惊奇地发现西欧的现代文学并非人们所说的那样玄而又玄,而是传统的合乎逻辑的继续而已。这时,法国文学那种轻松幽默的抒情风格吸引了我,我举手向巴尔扎克致敬,当然,我以更多的时间向那些二十世纪的人们讨教写作的秘密。我同时也喜欢上了美国文学那种不拘小节的风格,我认为美国最伟大的艺术家也许是现代戏剧之父尤金·奥尼尔。当然,拉美文学爆炸也同样令我惊异，我认为拉美文学对我们最重要的启示是写作时不要拘泥于章法，不要相信那些文学教科书之类的东西。对于日本文学，我一直认为不如印度文学那样高深莫测和源远流长，我认为自夏目漱石、芥川龙之介之后，至今还没有大家出现。时至今日，在历经了这些阅读之后，我突然怀念起久久被搁置了的俄苏作家，我准备下一个时期的阅读，将重读他们，并且寻求新的理解。

我的阅读，正如我的创作一样，毫无系统可言，许多偶然的因素碰在一起，于是形成了一个一个的阅读阶段。

我认为读文学作品最好读名著，这样你才知道什么是文学的高度，才有可能向这个高度努力。倘若你所喜欢某个作家，就不妨长期地阅读他，不要去记什么读书笔记，而是在阅读期间，体味作家写作时那种情绪，并且与作家的创作情绪同步前进。我认为发现一位经典作家的缺点甚至比发现他的优点更重要。缺点帮助你更深刻地理解这位作家，并且告诉你应当怎样避开劣势而去发挥优势。世间好书尚多，而我所读者，九牛一毛。在我之前，已有多少好书行世；在我之后，这些书依然故有，腐朽的却是我辈。所以趁时光尚好，案牍劳顿之余，三更灯火五更鸡，只有贪婪而读了。有时不为写作，即功利的缘故。当搜天下好书读之，不求甚解，但求片刻之乐，也是一桩美事。

我的母亲一生一字不识，上了几次扫盲班，字依旧是字，她依旧是她，每每我读到一本好书时，便为那些没有读过这本书的人惋惜。而惋惜者中竟有我的母亲，于是惋惜便成为不安。有朝一日，我有了闲暇，那时我要坐在她的膝前，拣我觉得最好的几本书为她读一读。我想，我首先要为她读的，也许是普希金的《驿站长》吧。

我的一些作品
——答《都市时报》问

问:读过您书的人都会觉得您的作品有文化底蕴,很厚重,这是要有一定人生阅历的人才能写出来的,能跟我们分享一下您的人生经历吗?

答:没有经历过长夜的人不足以语人生。我经历过许多事,可以说苦难伴随着我的一生。我曾经说过,一个人一旦不幸被文学所绑架,被艺术所绑架,他就注定了一生都是悲剧性的命运。我的大半生,其实一直是在两个文化背景下行走,一个是农耕文明,一个是游牧文明。当年在中苏边境,一个荒凉的边防站服役时,当敌人的坦克成扇形向边境线包抄过来的时候,我是火箭筒射手。按照教科书上的说法,当一个射手发射到第十八颗火箭弹的时候,他的心脏就会因为这十八次剧烈震动而破裂。但是,我还是在碉堡里为自己准备了十八颗。那是一种崇高的感觉,希腊悲剧式的感觉,你只有经历了,你才能知道。我在一篇文章中说,所幸的是由于双方的克制,那一场边境冲突没有继续,所以我现在还活着。要不,中国文坛或许会少了一位不算太蹩脚的小说家的。

问:对于您这样不断抛出大部头作品的作家来讲,《你我皆有来历》这样精悍短小的散文写作和大部头作品写作有什么区别?

答:我把写作大部头当作自己的主要任务。一九八五年,故世的作家路遥曾经主持过一个陕西长篇小说促进会,会议的主题词是“文学的最后的较量,是长篇小说的较量”。这就是包括后来《平凡的世界》《最后一个匈奴》《八里情仇》《白鹿原》《废都》等陕军东征作品的由来。我是在长篇之余写一写散文作品,大家还都说不错,有一些约稿,例如有一篇写成吉思汗游牧文化的,是我在凤凰世纪大讲堂演讲的手稿。又有一篇是为北京文学写的,好像叫《走失在历史迷宫中的背影》,好像还获得过“老舍文学奖”。还有一篇《拥抱可可西里》是一家有名的杂志,叫《读者》,它约我写的。把这些东西凑到一起,就成了一本书。我一共写了八本散文集,这是第九本。

问: 据我所知,在您之前几部重要作品中,插图都是您自己的书画,许多文字内容通过书画形象展示给读者。同样是艺术的表现形式,您如何理解书画创作和文学写作之间的关系?

答:《你我皆有来历》这本书是湖南文艺出版社的龚湘海先生从我的电脑里抠出来的文章,他们自己拿去编辑。他们还要把我的七八部长篇、二十几部中篇、九部散文集出一套叫作《高建群作品》的丛书。说到书画,确实是书画同源,我的书法,我的绘画,用《文心雕龙》里的话说,诗不能尽,溢而为书,书不能达,变而为画。诗歌已经不能让你尽兴了,激情奔涌,我写书法吧,书法还不能够尽兴的表达,那我画画吧,用更具象的形式表达吧。

问: 这一次的《你我皆有来历》中没有一幅插图,甚至连前言结语都没有,是故意为之吗?

答: 不是!因为是湖南文艺出版社的编辑在编辑,两地遥远,沟通不多,后来我写了一个序,叫作《六十初度,马齿徒长》。如果要再版,我还是想要有个序,画几幅画在上面。

问: 有个评论家说您在写作的时候也有类似路遥般的“殉道”式写作,能否和我们分享?《你我皆有来历》

里的文章的写作过程又是怎样的呢?

答:一个真正意义上的创作者,他的作品是蘸着他的血写的。陕北高原年节的时候,要抬着猪羊,扭着秧歌去拜祭山神庙、土地庙,这叫“献牲”。一个作家的从事艺术实际上就是把自己当祭品,为缪斯献上。我在写《最后一个匈奴》的时候,感到自己像一架失控的航天器一样,最后差一点回不到地面了。我在写作《大平原》结束后,中风住了二十一天的医院,也许只有这样的创作,才有可能写出来一点真正意义上的艺术作品。相形之下,《你我皆有来历》轻松很多。长篇写作是生一场大病,散文写作只是一场感冒而已。记得路遥曾经在写《平凡的世界》的时候,对我说,“如果老天可怜我,让我把这一百万字写完再走!”

问:在写完《大平原》之后,就一直有不少媒体说这将是你的封笔之作,好在去年你推出了堪称史诗之作的《统万城》,接下来我们还能不能看到你的其他大作?

答:我在北京时,亚马逊网采访问过同样的问题,我回答说:“演员在谢幕之后,如果观众的掌声热烈,会把他重新召唤回舞台。”《大平原》以后,我又写了《统万城》,该书现在以五个版本在世界范围发行,陕西版,北京十月版,北京版,台湾版,美国英文版。尤其是美国英文版,第一个礼拜就卖出一百三十多本,我不太懂,他们说这个销售业绩很不错了。而我现在又拿起笔来，再写一本重要的书，写世界各文明板块的发生和发展以及流变，写世界三大宗教的发生和发展以及流变，写儒释道三教合流的中华文明的准宗教的发生和发展以及流变。用小说的形式来写，已经写了三分之一，小说的名字我第一次在这里披露吧，叫作《菩提树下的欢宴》——汉传佛教落地生根，菩提树下众生欢宴。这样来写小说，我自己也觉得不可思议。那一年金庸先生来西安，华山论剑，碑林谈艺，他对我说，他有一个野心，想把二十四史写成小说，当时我觉得不可思议，现在我明白了，是可以写的。

问：你曾笑称自己被文学“绑架”了四十年，那现在花甲之后的生活又是怎样，平时除了写作是否还有其他什么爱好？

答：我基本上没有什么爱好，长年累月的写作，已经把我变成了一个废人。现在的工作基本上是对半对半，写小说占一半时间，写字画画占一半时间，有时候钻到画画里出不来，眼前都是形象，高僧大德接踵而来，有时候又不会画画了，又进入一种小说的叙事情景中。我记得路遥当年也是这样，如果一离开长篇小说的叙事情景，他说：“句号是在引号的外面还是里面，我都弄不清了。”别的就是看看电视，有时候遇到一本好书读一读，不会失望的时间多一点，现在的书虽然多，好书并不多，包括那些所谓的获奖作品。

问：之前就知道你一直坚持手稿，不用“键盘写作”，现在呢？对于那些新潮时尚的新技术是否愿意尝试？

答：现在还用手写，而且是用蘸水笔蘸着墨水写，我总感到键盘上的字不是我的，是公共情人，她一站到街上谁招手就和谁走。我一直学不会电脑，这可能缘于小时候的一件事，上小学二年级的时候，我从床上捡到一个打火机是父亲的，那时候这还是个稀罕之物，我走在大街上扑腾扑腾地打着，火星四冒，给大家逞能。当干部的父亲迎面走来，他狠狠地给了我一耳光，打得我眼前金星四冒，从此我拒绝一切机械的东西，一碰它们就心里打战。但是，现在来说我还是羡慕那些会打字的人，我的儿子给我装了个手写板，《你我皆有来历》里面许多文章都是用手写板写的，我还学会了发短信和微博。一个企业家给我建立了一个“高看一眼”工作室，有两百多个群友，每天我都在上面胡说八道。一位朋友说：“年过六十，当骂且骂！”我说：“善。”我还说，“我们的老古董，《三言两拍》里说，天下最厉害的是三张口：一是乞丐的口，吃遍四方；一是媒婆的口，传遍四方；一是文人的口，骂遍四方。”

问:现在有许多八〇后作家逐渐涌现出来,但也有评论家认为八〇后创作缺少厚重感,对此,你有何看法?

答:这些年轻的一代有才华,有激情,未来是他们的,许多年前,我对上海宝贝绵绵、卫慧说每一朵鲜花都有开放的权利,至于这花开得大与小,艳与素,那是另外的问题。她们听了很感激我的包容。现在我有些老意了,我对媒体不止一次地说过,我们这一代人行将老去,这场宴席将接待下一批饕餮者。这是我对年轻一代的希望。不过年轻的一代要有一个强大的胃,像个接收器一样,一路走来接受一些新鲜的东西。诚实的讲来,你们写的那些东西都不是东西。那一年全国网络小说大奖在西安颁奖,特等奖让我来颁,奖一辆汽车,我把颁奖词念完以后说:“真的小说写得一般般”。

问:翻开新作《你我皆有来历》开篇就是“成吉思汗的上帝之鞭”,看过你之前的作品,你似乎独独钟情于游牧精神?

答:那篇文章,二〇〇七年的时候被评为当时全国散文十佳,名列第七。我和一位教授在《南方周末》就该文还发生一场舌辩,有些他对的,有些是我对的。游牧文明是一个很大的话题,如果有时间我以后慢慢讲吧。

问:你在书中说:“杭州的江南景象不合你的脾

胃。”那你觉得少数民族众多的七彩云南是否合你脾胃呢？

答：云南我去过两次，新中国成立以后长期领导陕西的文坛领袖柯仲平就是云南人，他是老资格、老延安，延安当时有三个文化山头，一个是丁玲的文抗，一个是周扬的鲁艺，一个是柯仲平的陕甘宁边区，文协。云贵川渝称中国的大西南，那里是渔猎文明板块，有个古老的剧种叫傩戏，剧场外面有一副老对联，上联叫“于斯一席之地，可家可国可天下”，下联“如是寻常人物，能文能武能鬼神”。这两句话可能是解开大西南文化的一把钥匙，黄帝与蚩尤大战，蚩尤兵败逃入大西南十万大山之中。中华民族一支优秀的人类族群，从五千年前一直繁衍至今。在这里我向大西南致敬。

问：你在《拒绝平庸》中写道：“再等下翻开儿子的高中语文课本，里面尽是平庸的，浅薄的，苍白的，贫乏的东西。我因此深深地悲哀。”你对现代孩子的教育问题有什么看法吗？你认为孩子们应该学习一些什么样的文章？

答：我们的语文课本里尽是些弱不禁风的东西，鲁迅先生还有点刚烈，上海人见了心里不舒服，要把鲁迅从教科书里赶走。我们的高考作文尽是些胡扯淡的题目，要我说吧，我们把前人的文化里面最优秀的东西好好继承,即使你不懂,当口歌念也好,慢慢地大了就懂了,最近我为了写这本书,又把诗经三百首,把司马迁的《史记》,把基督教的《圣经》浏览了一遍,感觉到了一种崇高,这些伟大作品产生出来的气场令人变得崇高和纯粹。让我们的孩子们学些经典的东西吧!还有各民族的民间传说,包括那些远古传说,那是我们的根。

音乐是人类至高的智慧

摄影家杨小兵打来电话，要我为“西安音乐节”写一点文字，我一听这话就乐了。我说你算是找对人了，因为作家和音乐家之间历来就是一对冤家，比如乔治·桑与肖邦，比如卢梭与瓦格纳，比如歌德与贝多芬，等等。

女作家乔治·桑，不知道怎么喜欢上了钢琴家肖邦，这一场风暴直把肖邦折磨至死。卢梭的一生大约只有一个朋友，那就是瓦格纳。只有瓦格纳那些奇妙的音乐，偶尔才能吹进卢梭这个偏执狂的脑子里去。但是后来他们反目，卢梭以一首著名的《致瓦格纳的信》结束了他们的友情，并对瓦格纳造成深深的伤害，而此后不久，卢梭本人也就疯了。歌德既是伟大的诗人，又是小市民，当魏玛国大公迎面走来时，歌德赶紧躲立在侧，摘下帽子，低头致意，但是音乐家贝多芬不这样做，他继续挺起他那雄狮般的头颅，从路的中间昂然而过，以至于魏玛大公不得不给他让路。这个典故长期以来成为音乐家嘲笑作家的一个谈资。

我喜欢音乐，尤其是高雅音乐。人类最高的表达是音乐，人类至高的智慧是音乐，许多古典作家在他们的书中，都说过这样的话。那种奇妙的感觉用文学传达不出，也许只有音乐，才能表达其中一二。例如托马斯·哈代就说过这话。

记得，当我们的越野车向死亡之海罗布泊行进的时候，司机老任播送出的是萨克斯管吹奏的《泰坦尼克号》的电影主题曲《我心永恒》。在那个时候，只有那样的音乐，才能表达出我们那样的心境。我们像上帝的弃儿一样向不可知行进，音乐伴随着我们。我的文学启蒙读物，是罗曼·罗兰的《约翰·克利斯朵夫》。据说，音乐家克利斯朵夫的形象，就是取材于贝多芬。这本书对我的人生观和文学观的形成，有重要的影响。这本书告诉我们：人啊，你有理由使自己变得更高尚和更独立一些，你是精神的！人所以区别于动物，脱离了动物的低级趣味，就是因为人有能力使自己变得高尚起来，而动物则不能。这是造成了中国一代右派的书。

去年春节的时候,一群西安籍的歌唱家,在一个沙龙里曾经举行过一个音乐会。他们大部分都是海外学成归来的,工作单位有些在西安、有些在北京、有些还在国外,正是因为春节才聚集到了西安。他们那天晚上纯粹是为自己的自得其乐而歌唱的,观众只有三人,即我,我的太太和孩子。那是我最近距离地听这些美声歌唱家的歌唱。那真是一个令人沉醉的夜晚。这样的夜晚在我们的一生中大约只会出现几次。

以前西安的“新年音乐周”我则没有能去,不知道是被什么事耽搁了。这真是一件遗憾的事情。记得事先曹彦女士曾经打电话来了的。一群人,以集体的形式,在那天籁之音中共度新年,那真是一件令人心旷神怡的事情。人除了吃饭与睡觉之外,他还应当活得更有质量一些。不是么!

我曾经写过一篇文章,标题叫《歌唱着生活》。我觉得,怀着“歌唱着生活”这样一种心境,我们胸中便会有着一种大博爱、大关怀,便会对身边那些习以为常的事物,比如每天如期而至的日出,比如春夏秋冬的四季轮回,比如春的花、秋的果等等的造物,产生一种感恩的心情。这样,我们的心中时时会有一种宗教般的甜蜜感觉。

上面就是我为“西安音乐节”写的文字。我的饶舌应当结束了,我说得不好,请歌唱家开始他们的歌唱吧!他们唱得好!

拒绝平庸

一只吃饭的碗，它因捧在贵人的手中而贵，它因捧在乞丐的手中而贱，它因碗里盛着山珍海味而贵，它因碗里盛着剩饭冷馒头而贱。其实这只碗还是这只碗。——聪明的碗懂得这个道理，所以不惊不乍，随遇而安，愚蠢的碗不懂得这个道理，所以时悲时喜，悽悽楚楚。

帝王有帝王的快乐，百姓有百姓的快乐，很难说哪种快乐更快乐！帝王有帝王的烦恼，百姓有百姓的烦恼，很难说哪种烦恼更烦恼。中国文学的第一件作品，叫《击壤歌》，专家认为，它甚至早于《诗经》，当是尧舜时期的作品，中国文学源头的源头。诗全文如下：日出而作，日入而息，凿井而饮，耕田而食，帝力于我何有哉！

简单地活着，这是一种人生境界。能做到这一点，就叫高人了。长着眼睛，但是不看；长着耳朵，但是不听；长着脑袋，但是不想。你看那一棵树站在那里，一块石头卧在那里，一匹马在草原上悠闲地甩着尾巴，它们是多么的简单呀！

中国的古文化人，许多人到了艺术的精深处，人生的老迈之年，都或深或浅地遁入佛门。以我而论，大半生来悟出许多人生道理，后来才发觉，佛家们早就悟得了，而且深上许多，宽上许多，博大上许多，你的那个小脑子里悟出的那些，只是浅尝辄止而已，小巫见大巫而已。

佛家有很多悖论，这"花开花落两皆好，退步原比进步高"即是一例。花开好，花落亦好，进步高，退步更高，一个人修炼到这个境界，就百毒不侵，炼就金刚不坏之身了。

写《最后一个匈奴》时，我充满了激情，身体里面的陕北故事装了一篓子，写的时候在那里是用晃劲来写的，吃奶的力气都用上了，有时一个字都不写，有时一天要写上万字。写的时候心里没底，但写作态度是那种天马行空、傲视天下的感觉。

要写土地面临大变革的摇摆不定，被都市化进程抹掉的那种悲壮情景，就不可能不面对这些。有些年轻作家躲在象牙塔写一些小情调的东西，那也是一种作品，但是我不应该那样。年龄不允许我再玩一些虚的东西了，我要写出厚重的作品，我必须这样要求自己。

简单地活着

简单地活着，这是一种人生境界。能做到这一点，就叫高人了。长着眼睛，但是不看；长着耳朵，但是不听；长着嘴巴，但是不问不说；长着脑袋，但是不思不想。你看那一棵树站在那里，一块石头卧在那里，一匹马在草原上悠闲地甩着尾巴，它们多么简单呀！

站在阳台上，你朝天底下一看，你会觉得中国人活得真累，真复杂。这座城市里，大家都在匆匆忙忙地赶路。你急什么急呀！天底下的路长着呢！你赶一生，也赶不完的。你在贪婪地挣钱，那么，这钱也是挣不完的。西安印钞厂的那个胶印机的大轮子只转个几分钟，它产出来的钱就把你这一生吞没了。那么谋官吧，当年万里觅封侯，古人也常有这想法的。可是，处心积虑一生，到退休的那一天，你发现前面的阶梯还高着哩！

我在死亡之海罗布泊住过十三天。我每天盘腿坐在一个高高的雅丹上，看日出日落。我像一个高僧一样从这个角度来看人类秩序。我发现我们其实都被聪明人给骗了。

从这个角度看世界，你会发现几千年来煞费苦心所建立起来的文明秩序，其间充满了许多伪善成分。你会发现人们蜜蜂、苍蝇一样的忙碌，实际上都是在瞎忙、穷忙。有一个更高的规则在那里站着，这就是“简单”。

所以我行我素，所以我淡泊度日，所以我不为眼前这些俗人俗事所扰，心如止水地做着我自己认为是重要的事。

伍子胥过韶关，一夜白头。那过了韶关的伍子胥，将楚平王的尸骨刨出来，鞭尸三百。旁边有人说：“伍将军哪，你要注意影响呀，旁人会说你的！”那伍子胥把胡子一捋，眼睛一瞪，叫道：“我都这一把年纪了，要影响干什么！”

这伍子胥真是个有性格的人，他活到一种境界了！

做人宜粗

人生在世，如何安身立命，确实是个难题。无名无姓，无香无臭吧，世界蔑视你，视你为草芥；有点声名吧，于是相伴着有个词叫“树大招风”，有句话叫“木秀于林，风必摧之”。反正这个世界，不叫你好活。

人如何个活法，我有一言，叫“做人宜粗”，或者散开来说，叫“做一个粗线条的人”。这个理解不是我的，是一位大学教授提醒的。前些年，我在一个单位主事。那是一个纷纷攘攘、颇多口舌、大吃大喝的单位。这单位，弄得我寝食难安。于是教授送我一幅条幅，这条幅叫“超乎其上”。它使我幡然醒悟，我掐指数起这些平日缠绕我的事情，一件一件地数过，终于发现它们都是些鸡毛蒜皮的小事，值不得我去劳神，我该有更重要的事情去做的。

这样想来，心情豁然开朗，精神境界到了一个新天地。我高叫一声，用海涅的几句诗，为这“超乎其上”作了解释，而后双手合住门两扇，躲进家里成一统，写起了自己的小说。海涅的那两句诗是这样的：“再见了，油滑的男女，我要登到山上去，从高处来俯视你们了。”

做人宜粗。其实世界上许多事情，都宜粗，都宜大而化之，超乎其上地对待。文明发展到今天，环境的挤压，令世界布满谨小慎微的君子、亦步亦趋的庸才，四周的空气令活泼的生命几近于窒息。面对这境况，我想，一个聪明的人，他应该迟钝些、粗糙些才好，他应当积攒些力量，去干些自己认为是重要的事情。

据说一家外国公司，在选职员的时候，它注意到了职员的两个生活细节。一个细节是，他是早上起来叠不叠被子，另一个细节是他刷牙后，盖不盖牙膏瓶的盖儿。很滑稽，他们选择的是那不叠被子的人，是那第一次用牙膏时，就将瓶盖儿扔到垃圾桶里的人。他们认为这种不拘小节的人，才有可能将全部注意力集中到大事上。这个说法恰好与我们的传统思想相悖。

谈到“粗”，艺术的许多领域，其实也讲这个“粗”字。“删繁就简三秋树，领异标新二月花”，这是郑板桥老先生对艺术最高境界的理解。影视界谈到艺术的“粗”时,也常爱说“疏能走马”。他们当然也强调艺术的另一面,即“密不透风”。

“君子坦荡荡,小人长戚戚”。这“坦荡”的原因,就是因为他“粗”,这“戚戚”的原因,往往就是因为他“细”。其实,将大事与小事分清,大事清楚,小事糊涂,你的世界马上就变成“删繁就简”的模样了。时下常听到一句话,叫“活着真累”。我想,这累的原因,在很大程度上因为你不分巨细地将那纷至沓来的世界,尽往自己怀里揽。如此,累死活该。

幸福种种

山是一个美丽的弧形。弧的中腰，一匹马在吃草。马的脖子很长，嘴巴贴着地，马的尾巴像拂尘一样，在空中甩来甩去。它在这一刻多么幸福啊！山色如黛，几朵白云在山的另一边浮游。尘世间的一切烦恼，一切纷争，都与它无缘。我想，即便是第三次世界大战眼下就要爆发，也丝毫不能惊扰它的安谧。我们的古人爱说"世我两遗"这句话，是的，此一刻，世界把它遗忘了，它也把世界遗忘了，它成为一匹独立的马。

户外是一面山坡，山坡上种着些土豆。细雨打着土豆的紫的花、粉的花、白的花。我看到花瓣在雨中微笑着，像是女人涂了唇膏的嘴唇。紫的花像那些粗壮的农妇；白的花像那些娇贵的贵妇人；粉的花，则像我们那些穿着廉价、但是剪裁适中的小市民女人。我不明白土豆花为什么会微笑，我请教一位植物学家，他说，这是一种母瘾行为，它们正在感受幸福，因为在开花的同一刻，它们的根部开始坐下果实。

有一泓清水。农人在上面横亘了一条坝。于是坝的下面，有一个小小的水潭。正是中午，太阳当头。小小的潭里，一只鳖爬上岸来，在泥巴中晒盖，一条菜青的小蛇，在水浅的地方（这里水暖一些）游动。一群泥鳅不时地跃出水面，一群蝌蚪在水中排成一个个图案。四周多么静呀！世界多么和谐呀！我把我的脚步放轻，生怕打搅了幸福中的它们。而我在这一刻也感到我是幸福的。我让自己服从于这种和谐了。

一个守身如玉的女人是幸福的，一个淫荡的女人是幸福的。希特勒在拥抱着地球说，“我要把它一口吞掉”的那一刻是幸福的，斯大林穿着他的大马靴，挥舞烟斗，把希特勒踩在脚下的那一刻是幸福的。一个平凡的女人，当她穿上一件时装，走在街头，承受着四周的目光时，她是幸福的。一位领导，当他坐在主席台上，承受着四周的目光时，他是幸福的。幸福是一种自我感觉。

荆轲在用刀割下自己脖子上的头时，他是幸福的。一对蝴蝶在交尾时，它们是幸福的。一头被使役的牛，在鞭子抽向它时，它是幸福的。如果要寻找这头牛有过不幸的一刻的话，那是在暮色来临时，找不着圈门的那一刻。幸福是去循责任的过程中的一种感觉。

乞丐是幸福的，他比我们所有的扎着领带的人都明白事理。当第一次伸出手，而将尊严像身上的赘物一样扔掉时，他就变得比我们幸福了。

一个对这个世界一无所求的人是幸福的，因为每一个小小的获得都会带来满怀欣喜，尽管他用缄默来承受这种幸福。一个贪婪的试图拥有一切的人是不幸福的，因为在短暂的一生中他无力做到这一点，还因为每一次获得都刺激他新的欲望。

昨天晚上，我来到一座深深的山里。万籁俱寂，我坐在一条小溪的旁边，直到夜半更深，我仰头望着天上的星星，我凭眺山冈那浓淡相宜的倩影，看那青色的弧线，我张开我的肺叶，拼命地呼吸着庄稼和野花的芳香。我像一位印度高僧一样，瑜伽而功，尽情地吐纳着天地之气。我像故世的三毛一样，突然不经意地说出“不要问我从哪里来”这句话。哦，此一刻，世界上还有比我更幸福的人吗？

拒绝平庸

灯下翻儿子的高中语文课本。薄薄的一本书翻遍，里面尽是些平庸的、浅薄的、苍白的、贫乏的东西。大约只有几篇文章可读，一是鲁迅先生那些直面人生的文章，一是几篇古文。我因此而深深地悲哀。在我们之前的中国和世界的文学宝库里，曾经有多少璀璨的东西呀，我们为什么不能挑一些更好的东西给孩子们呢？我因此而蔑视那些高中语文课本的编造者们，他们脆弱的神经不敢承受真理的沉重，他们贫乏的大脑不敢面对创造的犀利，于是乎战战兢兢地选出一些自己的智力所能理解和容忍的东西塞给孩子。他们自己是如此平庸，他们想谋杀孩子们的创造力，让我们的孩子和他们一样平庸。

我上班下班要从西安的北城门穿过。每次从这狭窄的北城门穿过时，面对这古城的四面城墙，而对这川流不息的如蝼蚁如草芥的人类，我都会想起屠格涅夫的“猪栏的理想”这段思考。屠格涅夫说，人类的最高的理想，就是吃饱肚子，而后打着饱嗝，舒舒服服地睡觉。他把这叫作“猪栏的理想”。每一次想起屠格涅夫的话都令我警策。我不敢把西安人煞费苦心地修复好的这四方城叫“猪栏”，我也不敢把这些可爱的城市居民称作“猪”，我只能说我自己是猪，或者说我平庸地打发日子的方式如猪一般。披一回人皮做一回人，为一日三餐忙碌，为蝇头小利忙碌，为满足那可怜的小小虚荣心忙碌。在这忙碌中，你的卑微的生命耗到了尽头。

我的姐姐当年上中学时，是全校最漂亮的女孩子。她高傲、真诚，无限美好的前程在等着她。她是毛主席接见百万“文化革命”大军时，最后一次被接见的红卫兵。家中还有一张她在天安门广场拍摄的照片。照片上的姐姐，齐耳短发，戴着黄军帽，穿着白球鞋，红宝书捧在胸口，背景是天安门城楼和标语“誓死保卫中央文革”字样。日期是一九六六年十一月九日。这以后姐姐参加中学的派性组织宣传队，饰演过白毛女和李铁梅。这以后姐姐插队下乡。这以后姐姐嫁给一个农村复员军人。这以后每一次见到姐姐,都感到越来越陌生。这就是当年那个呼喊“天下者,我们的天下;国家者,我们的国家;社会者,我们的社会。我们不说,谁说?我们不干,谁干?”的姐姐吗?县城的封闭的空间,世俗的气氛,已经将这个当年心高气傲的女子彻底同化了。她成为灰色大众的一员。

星期天我去参加一个婚礼。仪式上来了很多的人,这叫我感觉到世界上人真多。主持人以例行的口吻来赞美这一对新人是“金童玉女”,这叫我很认真地将两位新人瞅了一阵。新娘的确很漂亮,堪称“玉女”,在她的光彩映照下,“金童”就逊色多了。他傻乎乎地笑着,脸上显出一种愚蠢的表情。据说他有固定的工作和好的家庭,这成为他们结为家庭的基础。我很为这女孩子惋惜,这张青春的俏脸,是为大诗人歌德焕发的第二次青春期而生的,是为大音乐家贝多芬发出他那雷霆般怒吼而生的,但是这女孩子却宁愿选择平庸,因为平庸的背后是实惠,是衣食无虞的一生。而如果选择风暴,她则会把自己交给未定之数。

年轻时候读鲁迅先生。先生说他一生都在和无所不至的庸俗做斗争,以防被庸俗吞没。那时我不理解这话,现在我是懂了。年轻时候读屠格涅夫,屠氏说一想到漫长的平庸的一生在等待着他时，他就不寒而栗，行年半百的我现在也有这种不寒而栗的感觉了。年轻时候读海涅，海涅吟唱道：“再见了，油滑的男女，我要登到山上去，从高处来俯视你们！”那时候觉得海涅很豪迈，现在则觉得他其实很无奈，无奈之余还有一些悲凉和自欺欺人。

我有铠甲十二副

活人真难。世上最难的事情，就是披一回人皮做一回人。汹汹世界在你的面前，你得应付，你得牙掉了往肚子里咽，强支撑起自己高贵的头颅。记得一位同仁曾经写文章，嫉妒我脸上那“灿烂的微笑”。这文章令我啼笑皆非。因为她不知道我曾经是有名的“愁容骑士”，正是生活的一次又一次打击，令我只会微笑了。我常常想，有一天我要写一篇文章，将我从生活中悟得的处世之道告诉我的正在上高中的儿子。因为他还将有漫长的路要走。兵来将挡，水来土掩，这苦难和打击使我的皮像涂了树脂的野猪皮一样，一天天厚起来，以至成为铠甲，以至成为金刚不坏之身。我有铠甲十二副，今天说与诸君听。

其一曰“超乎其上”。我曾经在一个单位主事,单位的“窝里斗”闹得我惶惶不可终日。一位大学教授送我四个字,这四个字就叫“超乎其上”。一语惊醒梦中人。我多么重要,我有那么多重要的事情要做,我不可能把自己厮混于这毫无意义永无输赢的纷争之中了。我用海涅的两句诗向纷争告别,这两句诗是:“再见了,油滑的男女,我要登到山上去,从高处来俯视你们。”而后,我便缩回自己的四楼,写长篇去了。一年零一个月之后,我的第一部长篇完成了,站在阳台上,我感慨地望着世界。世界仍在纷争。

其二曰“把难题留给时间”。生活有时会把你逼到死角,你遇到的难题简直会是一座无法逾越的高山。这时你唯一应该做的事情,是不要着急,把难题留给时间。时间会将一切改变的,会令沧海成为桑田,仇雠成为兄弟。“文革”时期有个口号叫“打倒刘邓陶”。“刘”和“陶”从昨日的尊荣显贵到今日的阶下囚,经不起这个打击,都含冤死去了,打不倒的小个子邓小平委实是一位伟人,他活了下来,于是历史开始一个邓小平时代。还有一个极端的例子是陀思妥耶夫斯基。陀氏被判死刑,执行枪决,枪响了,陀氏却没有死。原来这一刻,沙皇生了一个儿子,兴奋中他要大赦天下。每当看到这位俄国经典作家的作品时，我就想，如果陀氏耐不过从判刑到处决的这一段时间，而自己结束自己生命的话，那么，我们今天就看不到《罪与罚》、看不到《卡拉玛佐夫兄弟》了。“行到水穷处，坐看云起时”，聪明的古人早就这样提醒我们。千万不要小看这个“坐”字，你坐着不动，可是世界在动，时间在动。时间有时候会是你最忠实的盟友。

其三曰“敢于成功”。一个人有时会很顺，有时会很背。连普希金也说：阴郁的日子需要镇定，相信吧，那快乐的日子必将来临。生活不会总“欲渡黄河冰塞川，将登太行雪满山”，命运之神有时候也会网开一面，向你微笑。你要抓住这机会，你要勇敢地向属于你的成功走去。“不敢成功”的事在生活中很多，这是一种病态、一种心理障碍。中国足球所以屡战屡败，就是因为他们不敢成功，他们一开始就把自己定格在“陪太子读书”的附庸位置上。我们细细分析中国足球的每一次冲击，都会发现这里面确实有机会，但是，机会每每来临时，队员们都会在机会面前惊慌失措。

其四曰“永不言败”。失败的事在生活中是很多的。每一个成功者的来路都有一段苦难。勇敢的人将失败当作乳汁，成为滋养，软弱的人则将失败作为他停滞下来的借口。拿我来说，我的习作可以装一麻袋，但是那时发表出来的只是寥寥几笔。有一年，我写了两个中篇。那也许是当时文坛最好的中篇。但是屡寄屡退。到后来，它们就被我作为耻辱的记录，锁进抽屉里了。半年以后，《中国文化报》的一位记者偶尔路经我居住的小城，带走了小说。小说后来在北京一家杂志发表。现在，我的文章一旦写出来就可以变成铅字了，但艺术的殿堂博大精深，每一次，我都鼓起余勇，向纵深走去，但每一次几乎都是失败。可是我还得往前走，不管“坟”那边是什么。

其五曰“难得糊涂”。“闭目塞听”是一种大境界和大智慧，人还是糊涂一些好，不该你知道的事情永远不要去知道它。侦探小说中说人只要掌握了某种秘密，就会有生命危险，这话值得每一个有好奇心的人去听。世界上有些事情你永远也弄不明白，既然弄不明白我就不去弄它。有些事情你看在眼里了你又何必去说它，你不说简直就等于你没有看见。我是一个糊里糊涂的人，这为我省了许多的事。对于我来说，大约只有第三次世界大战发生会叫我震动一下，而对于一匹在草原上安静地吃草的马来说，第三次世界大战也不能令它震动。糊涂有时甚至是一种力量，纷乱的世界对糊涂的人一点办法都没有，你打击他感觉不到，你骚扰他无动于衷。他真糊涂。郑板桥说“由糊涂转聪明难，由聪明转糊涂更难”，这话何等苦涩啊！

其六曰“包容”。包容是一种天大的美德。一个懂得包容的人是一个可敬的人。这包容不是装出来的，而是从心底发出来的对同类的一种友善和宽厚仁爱。我们要学会原谅人，原谅他们的小缺点和小错误，原谅他们的大缺点和大错误。世界是残缺的，完满是没有的，我们要时时明白这一点。最近有关部门组织一批作家、记者去一个女监深入生活。女监关的一千名犯人中，三分之一是杀人犯。她们为什么杀人？我和几个女犯谈过话以后，在监狱的留言簿上写下这么一段话：“世间所有的事情都没有道理，它的发生就是它的道理。一个人的命运，在很大程度上有时候并不能由自己决定。所以我们应当平心静气地接受生活所赐予我们的每一个失败和磨难，并把它化为滋养。”我这一段话是有感而发的，我感到生活为她们所制造的道路，像渠里的被制约的水一样，只能这样流而不能那样流，一个涉世不深的人，一个年轻的人，很难从命运之手中逃脱。我还能举出大大小小的许多例子，说明世界的荒谬性，并且说明一个宽厚的人，一个有力量的人，要懂得包容，懂得宽宥。

其七曰“珍惜你手中的东西”。中国老百姓有一句话,叫作“隔夜的金子到手的铜”。这话是说,有人现在要给你一块铜,另有人明天早晨要给你一块金子,那么,你是要这铜,还是要那金子呢?我劝你要铜,因为睡一觉以后,世界说不定会发生变化。同样的这个谚语,西方也有一句,叫作“拿到你手里的东西是世界上最好的东西”。这两句民谚足以令那些好高骛远者警策。珍惜你的家庭,珍惜你的工作,珍惜你的朋友吧,它们尽管都有许多不尽如人意之处,但这是你的,因此对你来说,这也就是最好的。只有那些愚蠢的人,才像猴子掰苞谷一样,掰一个,扔一个,到头来手头只有一个苞谷。拿我来说吧,长期以来,我从事过各种职业,但是在从事这些职业的同时,我永远清醒自己此生来世上是干什么的,这就是文学创作。所以我总能在我的环境中,营造出一片小气候,潜心创作。我不抱怨生活,我珍惜生活赐予我的每个卑微的位置,我所能做到的就是在这个位置上,不动不摇,永远闷着头走自己的路。

其八曰“把大事和小事分开”。世界上有些事是大事,有些事是小事。或者说对你来说有些事是大事有些事是小事。你应当永远地绕开这些小事,去干大事。人生是何等短促啊!光干那些主要的事和重要的事,你一生又能干几件呢？我们的古人说过“一屋不扫安能扫天下”，这话是很有些商榷余地在里面的。那些把自己屋子打扫得干干净净的，把自己头发梳得光溜溜的，把自己衣服穿得有棱有角的人，他们是些干不成大事的人。十九世纪的巴黎街头，夜半更深的时候，常有一个穿着睡袍的流浪汉或醉汉模样的人踯躅街头，他就是正处在创作激情中的巴尔扎克。而屠格涅夫的晚年，当他穿起黑西装，戴起白手套，俨然一个举止有致的绅士的时候，正是他创造力枯萎的时候。是的，每干一件事情的时候，你不妨把这事放在手里掂量掂量，看值不值得去干，干了会怎么样，不干又会怎么样，这件事对人类的历史进程会产生什么影响。这样，你就可以省去许多事了。

其九曰“吸收”。一个懂得吸收的人是一个聪明的人。一个拒绝吸收的人是一个愚蠢的人。马尔克斯的风靡一时的《百年孤独》，是以一个魔术师拉着一个大冰块，从马孔多镇横穿而开头的。那冰块里包着一块大磁铁，因此，魔术师路经之处，一街两行的所有铁器，都劈劈啪啪地飞过来，落在这磁铁上。我想一个人的吸收也应当是这样。海纳百川，有容乃大，他在人生的路上走着，每一个毛孔都张开，贪婪地吸收路两边的东西。记得我年轻的时候，见识过一些人，这些人的才华和博学曾令我五体投地。我当时想，再过些年，这些人会成为些不得了了不得的人物的。而今许多年过去了，我再见到他们时，他们还是老样子，羊皮照旧，而且随着青春激情的消失，当年那些才华也枯萎了。这是怎么一回事呢？我细细地观察过这一类型的朋友，发现他们总是以自我为中心，总是抢先发表意见，从来没有安安静静地听对方说话，他们永远像一个高速旋转的陀螺一样，外力根本没有法子进入——雨水都洒不进去。他们是因干渴而枯萎的，因为得不到滋养。这地方有一比。陕北高原的吴旗县，一个光秃秃的山峁上，长着一排人工种植的树。这些树像人的小胳膊那样粗细。陪同我的宣传部长说，这些树，从他记事时候起就这么大，现在还是这么大。他叹息说，它们长不大了，它们是“老汉树”。

其十曰“忌贪”。那些栽跟头的人，几乎都是些贪心的人，是些得陇望蜀的人。世界布满了诱惑，那些诱惑或者就是美丽的陷阱。诱惑，对接受诱惑的人才成其为诱惑。那一年在草原上，当我们挖下陷阱；布下诱饵，看着猎物（瞎熊）一步一步走近的时候，我在心里惊叫说：“千万别过来！”但是瞎熊还是过来了，结果掉进了陷阱。促使它走过来的原因只有一个，那就是诱饵（一只鸡）。贪心和野心是一种小家子气的表现，于连·索黑尔式的心态。人是环境的产物，贪心是一步一步培养和激发出来的。一个人，当他拥有某种东西的时候，他不知道他的手里正握着一团火，握着一把灾难，这时如果他不知趣，又向新的目标走去时，敌人从四面八方出现了。每个人都有自己的命运，如果一个人的命运，令许多人的命运改变方向的话，那些命运会用合力将你击倒，起码让你生病。

十一曰“不要迷信权威”。小时候我在乡间和爷爷奶奶住过一段时间，那时候觉得乡长简直是高不可及的人物。后来到了县城，见到脸上长有麻子的县长，崇拜的心情令我为自己脸上没有麻子而遗憾。县长的女儿和我曾坐过同桌，在她面前我永远地自惭形秽。后来初涉文坛，那些经典作家、名作家、热门作家于我来说，更是个个像头上罩了光圈一样，神圣和敬畏之情无以复加。中国有一句老话叫“四十而不惑”。四十岁以后，我再回过头来看这些人这些事，觉得自己的诚惶诚恐其实是没有必要的，觉得人和人都差不多，都是一个鼻子两个耳朵，觉得许多“势”其实是“扎”出来的，许多“神”其实是造出来的。相形之下，倒是那些平凡的人，纯性情的人，似乎更为可爱和可敬一些。

十二曰“做一个正直的人”。一个正直的人，一个不愿趋炎附势的人，一个面对恶势力高高扬起头颅的人，一个“流自己的汗，吃自己的饭”的人，他的生活一定过得艰难一些。他的人生道路一定坎坷一些，这是毫无疑义的事情。但是作为一个高等动物来说，“正直地生活”正是他的全部意义所在。在正直的生活中我们捍卫了人的尊严，在正直的生活中我们向人类至善至美的境界前进了一步。我曾经写过一篇《我的樱桃树》的文章。我说，一个猎人在森林里遇见了一只鹿，他枪里的子弹已经没有了，于是他从地上捡起一颗樱桃核，装进枪膛里射了出去。许多年后，当猎人再见到这只鹿的时候，发现在鹿的双角之间，长了一棵美丽的樱桃树。猎人走上前去，尝了尝那树上的樱桃，发现那樱桃的味道好极了——它既有樱桃的味道，又有鹿肉的味道。写到这里我说，我的身上有许多敌人射下的子弹，我的体内经年累月地用自己的血肉培养着它们，亲爱的读者，当你们读到我的那些华美的文章时，那正是我奉献给你们的樱桃啊！是的，每当想到慷慨的生活竟然给了我这么多阅历，这么多思想，这么多素材，我就不由得想说一句话“感谢生活！”

每个人都有自己的人生体验。每个人的人生体验都会成一篇大文章。我只是职业的原因，手头恰好有支笔，于是将这种体验形诸文字而已。

期　待

从很小的时候,我就开始期待了。期待什么呢?我不清楚。有时候,我呆呆地坐在家门口,望着门前那条通往外部世界的小路。我渴望那条路上有人来,抑或是老人,抑或是孩子,抑或是婚嫁队伍,抑或是丧葬的行列。有时候,我呆呆地望着天空,如果是白天,我就看着那些疾驰的流云,来自哪里,去向何方;如果是夜晚,我就瞅着那些星星,见一颗流星,发一声惊呼,找到一颗卫星,默默地用目光追随,直到它消失在天际。

有一本叫《古昔追踪》的小册子,说在我们这个地球上,生活着一种玛雅人,他们来自别的星际,先到月球,采光了月球上的矿石后,又来到地球上。结果,由于通信系统出了毛病,他们与自己的星球失去了联系,于是，只好在地球上定居了下来。地球上的瘟疫使他们的人数急剧减少，为了生存，他们避开地球上的人类，遁入海底、丛林和山洞之中，他们在日日夜夜地期待着，期待着来自天外的消息，而那些不时出现的不明飞行物，很可能就是来寻找他们的。

如果说真有海外奇谈的话，这也真算是最大的海外奇谈了。不过，事情也难说，古代的中国人，不知外部世界之大，所以将大洋彼岸送来的消息，凡不合情理者，统称为海外奇谈。现在，随着视野的开阔，自然见怪不怪了，难道我们就不能假设，真有玛雅人吗？我们的知识有限，我们的视野有限，科学上有很多东西，在人类没有认识它以前，是以假设为认识的先导的。

但是我谈起玛雅人，并无意于考证他的存在与否，我是被书中这“期待”二字深深地感动了。我仿佛看见他们引颈以待时的情景。他们的孩子一出生，便肩负着一个苦涩的使命：期待。老人在临终前，因为终于没有期待到正在期待的东西，而泪流满面，抱憾而去。

我不是玛雅人，外星球是不会给我送来信息的。然而，贯穿我生命始终的，为什么总有一种期待的情绪呢？如今，我已经步入中年了，可是，在平凡的日复一日的生活中，我常常期待着一个电话、一封信件、一次熟人的造访、一次出乎意料的电视节目，期待着生活中突然出现奇迹。应当说，人们总是在期待着，期待一世，只是，人们在生命的各个时候，所期待的内容有所不同。

“期待”是贯穿生命始终的一种情绪。

远山的树

小时候，我随奶奶住在平原上。那是个同姓人家结成的小村子，村旁是一条河，远处，大平原的尽头，横亘着一座鱼脊状的山脉。

山脉逶迤，气势很是不凡。更奇的是，山脉顶端，生长着一排树。一棵一棵，均称地排列着，延绵数里。从树干的空隙中，能看见更远处的蓝色天幕。树冠与树冠之间，自然交叉，把空气隔断，俨然成一面屏风。

那树木平日是看不甚清的，要看它，得在早晨或下午。一朝一夕，太阳成平射的时候，那树木便异常清晰地显示出来。

这还不算奇异，更奇异者，在于夏天的雨后。大雨刚住，空气洁净，能见度良好，天空还匆匆地奔逐着乌云。突然一线光芒,从云朵中露出来,直射到远山的树木上去,顿时美不可言。突然一阵疾风,树木开始猛烈地摇撼起来,就像一群长腿的仙女,手挽着手,一字儿排开,面对大平原翩翩起舞。

那时候,我是多么向往这一切啊。我还小,等我长大了,要做的第一件事,就是到那平原的尽头去,登上山冈,看一看那些精灵。

后来我终于长大了。有一天,我瞒着奶奶,走了几十里路,跨过铁路,来到山下。我登上了山,只是,多么遗憾呀,那些树木长得并不美,甚至比不上我家门口那些树。树干不那么笔直,树冠不那么俊秀,排列得也不那么齐整,而且,那缕缕白云也并不在树干间缭绕,而是在更远更远的天幕上。扶着树干,我哭了。

“谁欺侮你了,孩子?”奶奶在后边悄悄地问。

挑食的孩子

我的姐姐把她的两个宝贝放在我们家。孩子倒也聪明，听话，只是有点儿不好，就是吃起饭来挑食。大肉是绝对不吃的，别的肉蜻蜓点水地尝一点，蔬菜也不太吃，鸡蛋吃得很少的。有时候，他俩早上到学校去，晚上才回来，一整天不吃东西，竟没有一丝饿意，真是奇怪。有一天，我偶尔谈起这事，同事们说，现在这样的孩子多得很，条件好了嘛！

一句话引起我深深的感慨。我像他们这样大的时候，正闹一九六二年的大年馑。那时我是多么能吃啊，吃光了囤底扫下的几粒小麦；吃光了叔父从外面买来的油渣；吃光了门前那棵榆树的树皮和树叶；后来就没有东西吃了，只好把剥了粒儿的玉米芯子，碾成面，炒着吃;只好到老崖上去挖观音土。春天来了,一群孩子,趁着夜色,捋生产队的苜蓿吃。那时,我的肚子大得像一口锅,怎么填也填不满,现在想起,多么奇怪呀!

我常常一个人滑稽地想:如果把我的童年放在现在,我一定顿顿满足肚子的要求;如果把现在这些孩子放在那个时代,那囤里的几颗粮食就够他们吃了,就不至于闹大年馑了。

余生只做三件事

春节是休息大脑,休息身体的时节。这几天,我坐在那里,抽着烟,喝着茶,身子蜷曲在一个小凳子上,默默想着自己的事情。今天是羊年大年初四,我终于想清楚自己了。我对自己说:余生只做三件事。

这第一件事是创作,第二件事是锻炼,第三件事是张着大嘴,去吃遍天下美食。这创作,主要的还是写小说,写散文,穿插画,画一些画,写一些字。文学是我的本行,我的安身立命之所在,年轻时候发少年狂,幻想着这一生,舍弃了一切,一跃而上最高峰,现在这想法已经没有了,只想完成自己,对得起曾经的自己吧,毕竟这个年龄段,还不是告别的时刻。而关于书画,我也多年摸索,有一些自己的心得,想在笔墨中把它们实施出来。

这些东西,除了理想主义的因素以外,亦能带给我一些报酬，来补贴家用。劳伦斯说，一个男人，自从攒得第一笔钱以后，他这一生，就不停地寻找着攒钱了。劳伦斯的这话，还是有一定道理的。大约十六年前，我母亲住院，我花光了所有的积蓄。后来住院费花光了，医院要停针。我那一刻坐在医院门口的石头上，热泪盈眶，我发誓要攒钱，要让我所有的家人都体面、有尊严地活着。

第二件事是锻炼。我计划，每天不管多忙，都要到公园去走上一圈。我的身体臃肿，全身气血不通，最好的方法就是多走一走。这也并不是为了什么“长寿”，而是想让自己在活着的时候，活得健康一点，轻快一点，给别人添麻烦少一些。人活到什么时候是个够啊！鲁迅先生只活了五十六岁，鸠摩罗什法师、玄奘法师、弘一法师，也都是我这个年龄走的（我父亲也是在我这个年龄上走的，当然他对社会来说是小人物），每当想到大智者如他们，都潇洒地撒手长去了，而愚钝者如我，还苟活在人间，浪费着五谷，糟蹋着布帛，在下我就十分惭愧了。

第三件事好浪漫，叫“吃遍天下美食”。今天早上看电视，央视十频道“过年”节目中，正播放陕北靖边风干羊肉。看着电视机里的风干羊肉，我口水直流。那羊肉我吃过，于我来说，那是天下第一等美食。几年前，我写《统万城》的时候，在靖边住过半年，该县刘波县长就领我到这一家吃过。记得，我一连吃了三面盆，直吃得周围人目瞪口呆。

天底下好吃的东西实在太多。印象派大师雷诺阿说，当我终于买得起上等的牛排的时候，我口中的牙齿已经所剩无几了。画家这句话，叫人听了，不觉伤感。不过，不管牙齿好不好，我还是要去吃的。我计划今年夏天，去一趟新疆，参加完我的电视剧的开机仪式后，然后一路吃着，从北疆吃到南疆，像个蝗虫一样地张开大口，一路掠过。

夏花绚丽，秋叶壮美，一个年龄段有一个年龄段的风景。它是为懂得享受的人而准备着。我最后对自己说，余生只做三件事，也可以说，是余生享受三件事。

不过天底下的美食实在是太多，纵然我有再大的口，男人嘴大吃四方，那也吃不了多少的。不过我吃到自己肚子里了，实受。这才是你此生落下的。苏格拉底已经被宣判死刑，被关在牢房里，这时隔壁房间里有个新来的犯人在唱歌。苏说，你唱的歌真好听，能教给我吗。那人惊奇地说，你就要死了，难道你不知道吗，你现在学歌，还有什么意义呢！苏说，我当然知道我要死了，但是，我还知道，我在死的时候，又多了一首歌。

这是福啊！不要着急，有福慢慢享！

感受西部

西安在世界五千多年的历史进程中，有一千多年是世界的中心。这一千多年中，世界西方的首都是罗马，世界东方的首都是长安。它在历史上就是舍我其谁，是农耕文明建立的最大一座都市，一个大堡子。

我不知道近十年来,我为什么痴迷于这一类题材和这一种思考。我常常觉得自己像一个女巫或者法师一样,从远处的狂野上捡来许多的历史碎片,然后在我的斗室里像拼魔方一样将它们拼出许多样式。我每有心得就大声疾呼,激动不已。那一刻我感到历史在深处笑我。我把我的这种痴迷归结为两个原因。一个是这些年随着我在西域地面上风一样的行走,我取得了历史的信任,它要我肩负起一个使命,即把那历史的每一个断章中那惊世骇俗的一面展现给现代人看;另一个原因则是,随着渐入老境,我变成了一个世界主义者,我有一种大人类的情绪。

西安某大学为我建了个高建群文学艺术馆,我把馆前的草坪铲去,辟成菜园。今年唐玄奘大行一千三百五十周年纪念那天,我给那里种了几畦蔬菜,并取名半亩园。而今西红柿已拳头大,辣椒、茄子已开花。我写了几句歪诗给它,诗曰:“城中我有半亩园,锄头举处可耕田。不为菜蔬不为果,只为乡愁只为看。”

西安满地是故事

北魏皇族的后人们，现在居住在蓝田县的兀家崖，统治中国北方的草原帝国北魏，最后一位皇帝，是孝武帝元修。元修逃跑到长安时，被守城大将宇文泰毒死在草堂寺。皇族们于是沿着秦岭山根往东跑。追兵在后边要割人头。这些皇族说，我们把自己的头割了吧！于是去掉元字头上那一横，开始姓兀，并建立兀家庄。北魏皇族最初姓拓跋，在拓拔寿的年代改元姓。于此时此地又改兀姓。

从以前六百年前一直绵延至今。

在长安和蓝田交界的地方，有五个姓赫连的村子，三个在蓝田，两个在长安，这个村子的人告诉我，他们是皇族，是匈奴末代大单于大夏王赫连勃勃的后人。赫连勃勃两下长安城，灞上称帝之后，他的族人就聚集到这里了，也是一千六百多年前绵延至今。

临潼代王镇有个门家村，相传是蔺相如的后人。蔺相如死后，后人们遭官家追杀，扬言要割头剜心，一直追杀到这里。这一族人，于是自己动手，割了头，剜了心，把“蔺”字变成了“门”。在此建门家村，落地生根。

韩城芝川镇，有同姓一族，有冯姓一族，相传是史圣司马迁的后人。司马迁之后，族人们怕受到加害，一部分取了“司”字为姓，一部分取了马字为姓，然后司字旁边多安了一道门，表示关门闭户，远避世事纷争，马字旁多加了两条腿，表示一有不测，就拔脚走人！

我爱大西北的每一棵树

茅盾先生在大西北游走过一遭，那篇著名的《白杨礼赞》正是此一行的产物。茅公称白杨为树木中的伟丈夫，他说，当行走在这单调、荒凉的西北黄土高原时，能让你眼前陡然一亮的，唯有这路旁的绿树。一九九八年，因为拍一电视片，我也在陕甘宁青新跑了大半年。我走了许多地方。我的足迹远比茅公向西北方伸得更深更远，甚至抵达中亚细亚腹地的罗布泊。但是如果要我谈谈对大西北的印象，那却也和茅公一样，即：我的眼中只有树！

最叫我感动的树，叫“左公柳”。从古城西安（准确地讲是从凤翔县东湖），穿越漫长的河西走廊，经玉门、嘉峪关、哈密、乌鲁木齐，到边城伊犁，汽车的里程表上标出的是整整四千公里。在这四千公里的漫漫长途上，道路两旁，常能见到一些苍老的、几抱粗的、疙疙瘩瘩的老柳树。这些老柳树满身疮痍，肩一天风尘，兀立在光秃秃的荒原上，成为一道风景。

这柳树人称“左公柳”，相传为当年发配新疆的左宗棠所栽。左宗棠率领他的三千湘军子弟兵，一边走路、一边栽树、一边望乡，用了整整八个月的时间才走到新疆。春风不度玉门关，左宗棠靠春风杨柳做伴，度过玉门。

将军喜欢栽树，这事叫人觉得奇怪。左宗棠之外，另一个带领士兵栽树的人物是马步芳。通往青海湖的道路上，有那么长长的一段（汽车高速穿行是半个小时），路两边长着密密麻麻高可摩天的白杨树。同行的青海电视台的朋友告诉我，这树是马步芳栽的。栽下树以后，马步芳贴下告示，敢于砍伐一棵树者杀头；敢于在树下拴马者，鞭笞五十。于是乎这树茂盛地生长起来了，直到今天还无人敢动。

杀人如麻的马步芳，却如此钟爱树木，这事是不是有些可笑？不，在许多西北人的眼中，一棵树确实比一条人命更重要、更神圣。命在这里是不值钱的，一条生命降生在这荒凉、贫困的地方，本身就是一场苦难，而树却能带给你一切。

在我的大西北游历中，这种生命的苦难感时时伴随着我行走，一种悲怆的情绪冲击着我的胸膛。无论是在毛乌素大沙漠，还是在宁夏西海固，或是在贫瘠的甘肃定西，或是在新疆的塔克拉玛干大沙漠。

最极端的例子当然是罗布泊，这一个一亿五千万年前是一个准噶尔大洋、十万年前是一个蒲昌海的庞大水面，如今已经干涸得没有一滴水了。它的地表上布满了坟堆样的盐壳，像月球表面一样荒凉和恐怖。没有一棵树，没有一根草，没有一滴水，没有任何生命的存在。站在罗布泊那著名的白龙堆雅丹，这当年马可·波罗穿过丝绸之路时歇息过的地方，唐三藏取经路过的地方，我迎风而泣，眼角里涌出一滴冰凉的泪水。朋友说这是罗布泊的最后一滴水。

胡杨是中亚细亚荒原上最耐旱的一种树木，然而在我们从凶险的鲁克沁小道进入罗布泊的三百公里的长途上，竟没能见到一棵胡杨，死去的胡杨的遗骸也没能见到，它们已经泯灭于干旱和风沙中。是我的朋友画家高庆衍先生从罗布泊的另一侧，即米兰方向、阿拉干方向进入罗布泊，寻找楼兰古城时，见到了大批的死亡的胡杨林。

阿拉干在一百年前曾是塔里木河注入罗布泊的入海口，后来随着塔里木河断流，这里遂为黄沙所掩，大批的胡杨林随之死亡。老高是在最后的两个罗布人——一〇五岁的热合曼和一〇二岁的亚生的引导下，步入阿拉干死亡的胡杨林的。

在塔里木旧河道上，在孔雀河旧河道上，在开都河旧河道上，仍然还有一些处于半死状态的胡杨林。我们的摄制组在离开罗布泊之后，曾顺着塔里木盆地，走过一个半圆。具体路线是从托克逊到库尔勒，从库尔勒到若羌，从若羌到轮台，从轮台到民丰，从民丰到和田，从和田到库车，从库车到于阗，从于阗重返乌鲁木齐。而在这个环绕塔克拉玛干大沙漠的巡礼中，留给大家印象最深的就是那些处于濒死状态的胡杨林。

大量的茂盛的活胡杨林是在水量充沛的塔里木河中段看到的。那里有着蔚蓝色的河水和如俄罗斯画家列维坦所画的美丽胡杨林。但是，当摄像机的镜头指向塔里木河下游时，河水已被阻拦，漫灌到戈壁滩上去了？戈壁滩成了一望无际的湖泊。据说，今年漫灌之后，明年这戈壁滩便可以种庄稼。但代价是，母亲河塔里木河的河道又缩短了一截。

说完胡杨，再说说红柳。

胡杨的根可以深达地下十米，红柳的根可以深达地下五米，这是在与不幸命运的抗争中，在与恶劣环境的搏斗中，它们发展起来的一种品种优势，也就是它们能在这中亚细亚地面顽强生存的原因所在。

在罗布泊四周，红柳已经十分稀少了。

我们见到的最多的是那些死亡的红柳。在与风沙一百年、一千年、一万年的搏斗中，最后总是以红柳败北而结束。风将它们四周的沙子先一点点地掏完，令它们高悬在空中，尔后，土拨鼠再在里面打洞，深入它们的根部，吸吮那最后的一点湿气。终于，在一场突如其来的大风中，它被连根拔起了。它痛苦地大叫一声，脱离了大地，从此把自己交给了风，开始在风中滚动，在大地流浪。

在我们去罗布泊的路上，每一个风口都有一批这种流浪的红柳钵。它是什么时候、哪个年代脱离大地的，我们不得而知。十万年以前？一万年以前？或者就是最近吗？它们每一个都有与风沙苦苦搏斗过的经历，失败的经历，它们是悲壮的失败者，罗布泊沧桑史的见证人。

滚动到最后，枝柯都在滚动中消失了，只剩下来一个头和一截或长或短的树根。这些红柳的遗骸也就停止了滚动，摊在平展展的沙地上或碱滩上。最后的遗骸像一把镰刀，或像一根拐杖，或像一架农家用的犁杖。

我们的车有时候会停下来，捡这些东西。司机说，到营盘后用这做引火柴，最好。当我们到达罗布泊时，那辆拉着辎重的大卡车上，装满了这些张牙舞爪的枯红柳。

这些红柳假如有感觉的话，它们经历了多少痛苦、折磨、期待、失望呀！在那旷日持久的搏斗中，哪怕有一片雪飘，一星雨落下来，便会给它们以生的信心和勇气，便可以令它们再坚守上一百年，但是没有，一点的支援也没有。它们最后是深深地绝望了，在把自己的遗骸交给大风去流浪的那一刻，它们唯一能做的事情是诅咒人类和蔑视人类。

根据那个中亚腹地第一探险家，一百年前发现楼兰古城、确定罗布泊位置的斯文·赫定的说法，奇异的雅丹地貌是这样形成的：这块地貌上原来有红柳丛或胡杨林，后来胡杨林腐朽了，红柳钵被风吹走了，但是由于它们的守护，这一处黏土层没有被风吹走，并比别的地方高出几米到几十米，从而形成这种奇异的、仿佛海市蜃楼一般的风蚀雅丹地貌。

行文快要结束的时候，我要高声地礼赞一个人，我要给这篇描写大西北树木的文字抹上一层亮色。这个人就是榆林的农民石光银。他承包了毛乌素边缘的五万亩黄沙，他将这五万亩黄沙变成了一片绿洲。而在他的精神的感召下，周围聚集了一群治沙的农民。面对这五万亩人工绿洲，我对石光银说你是当代英雄，我在那一刻同时意识到了自己的渺小和文学的无意义。

如果有一天，大西北遍地都是树木，那便会出现一片一片的绿洲文明，那样我的大西北的父老乡亲便有好日子过了。那将是大西北的一个节日。

我爱大西北的每一棵树！我感激你们的坚守和对大地的呵护。我也赞美每一个栽树人，包括左宗棠，包括石光银，也包括我们自己——假如你曾经栽过一棵树的话。

沧海万斛，余仅取一粟足矣

在干旱的大西北，水是命脉所系，水是头等大事。可以毫不夸张地说，在这里，有水就有一切，而没有水，一切则无从谈起。

诗人艾青在七十多年前，就曾经痛苦地吟唱道："北方是悲哀的。"同样的这句话，诗人郭小川也说过，诗人陈辉也说过。陈辉就是那个黑脸膛的抱着毛瑟枪的晋察冀边区战士诗人。北方何以悲哀？那是因为缺水。只要有水来，荒漠和戈壁会重新变绿，花朵会重新开放，每一条干涸的生命都将重新生机勃勃。

要知道水在大西北的举足轻重，也许这个历史故事，就能告诉你个大概了。

中国公元纪年以前的著名的水利工程有三个，一是广西的灵渠，二是陕西的郑国渠，三是四川的都江堰。

郑国渠的渠首我去过。泾河在穿越陇东高原之后，从陕西泾阳县一个叫嵯峨山的地方跌宕而下，进入八百里秦川。嵯峨山由一堆又高又陡又尖的山头组成，狰狞万状，泾河在这里形成巨大的落差。

郑国渠工程是这样的:将泾河在嵯峨山口用一条大坝拦住，囤积河水，提高水位，尔后，沿山根开凿出一条渠道，这条渠道流入关中平原以后，有一条干渠，干渠又分出许多支渠，支渠再分出许多毛渠，从而形成一个蛛网般的灌溉网，灌溉着渭河以北的广袤土地。

郑国渠是如何修成的呢？说起来，这真是一个大大的历史谑剧。

战国年代，虎狼之秦采取“远交近攻”的方略，虎视眈眈，企图并吞六国，一统四方。处在秦东南面的韩国，深深感到了秦的这种军事压力。韩满朝文武，一番商议以后，想出了一条馊主意。

韩国派了个叫郑国的水工，来到秦国，向秦王政陈说兴修水利的好处。韩的用意是想以大规模兴修水利来消耗秦的国力，避免秦的对韩用兵。韩的这一目的暂时是达到了。秦王政被郑国说动了，于是就让郑国选址，开始实施。于是乎，郑国一番踏勘，最后选择了咸阳正北，泾河上游的嵯峨山口，开始这个著名工程。

这渠修了几年。这渠当然也耗了秦国的大量财力，以致在修筑的途中，令秦王生出怀疑。后来有消息证实说这确是韩国的疲秦之计，缓兵之计，于是乎秦王大怒。大怒的秦王一是要杀郑国，二是要驱逐所有客秦的六国人。

有一篇著名的文章叫《谏逐客书》，正是当时客居秦国的河南上蔡人李斯为这件事写给秦王政的谏章。这篇斑斓文字救了郑国，也救了郑国渠。当然李斯个人也得到了好处，他先是被秦王政拜为客卿，后来又官至丞相。当然，得到最大好处的是秦国，因为郑国渠又可以修了。

郑国渠就这样阴差阳错地修成了。

郑国渠的修成之日，即是秦的富强之日，即是六国灭亡可待之日。

司马迁在《史记》中感慨地说："渠卒，八百里秦川成沃野，秦得以富强，遂灭六国！"

你看，一条小小渠道，就这样改变了中国的历史。如果没有郑国渠，就没有八百里秦川沃野，就没有千古帝王都西安，就没有强秦雄汉盛唐，那小学课本上的中国历史，就会是另外一个样子了。

想到这里，不由得让人倒吸一口冷气。

你看，这就是水！

在大西北，水为什么是奇缺的呢？这里面主要的原因是天然的原因，次要的原因是人为破坏生态平衡的结果。

水通常是从三方面来的，即天上落下的雨水，地面上的江河湖泊，再就是地下水。

先说雨水。

大西北位于中亚细亚腹心地带，距太平洋、距大西洋、距北冰洋都有遥远的路程。高大的秦岭是中国内陆气候的南北分界线，秦岭挡住了从东南沿海吹来的季风，从而令秦岭以北的偌大地面，长期处于干旱和半干旱状态。陕西的年降雨量是三百到四百毫米，这些降雨大部分集中在七、八、九三个月份。光秃秃的黄土高原地面，三天不下雨，就是一个旱灾，而哗哗的大雨一旦落下，山洪暴发，立即就是洪灾。黄河在宁夏河套平原上还是青的，但是一进入陕西神府地面，即成黄色。黄河百分之七十的泥沙，来自这从神府到韩城龙门的近一千公里的晋陕峡谷。

印度洋的暖流则被喜马拉雅山挡住。

北冰洋越过俄罗斯的西伯利亚，越过中亚五国，偶尔的能给新疆的北疆阿勒泰、塔城、伊犁带来一点雨雪。我曾在阿勒泰草原上生活过五年。这里夏天基本上没有雨，只是每年的冬天，西伯利亚的每一次寒流都会带来一场大雪，从而令这块地面成为草原、沙漠、河流相杂的戈壁滩地貌。

陕西的年降雨量是三百到四百毫米，因为太平洋的季风毕竟还能吹到一点。这就是陕西的气候较之别的四个省区要好一点的原因，亦就是千古帝王之都长安能在这里建起的原因，亦是西安成为西北最大的经济文化中心的原因。

甘肃、宁夏的情况要可怜得多。甘肃是一个长条状，兰州以东，是陇东高原，苦瘠的地方；兰州以西，武威、张掖、酒泉、玉门、嘉峪关，顺兰新线摆出的这一长溜古老城市，个个都是一副黄尘扑天的面孔。如果再要往西一点，是敦煌，是疏勒河谷，是天山垭口星星峡，是罗布泊，那里更是缺水。也就是说，躲也没有一个躲处。

宁夏的面积为二万六千平方公里，人口为五百三十万，人口中回族约占三分之一。这块地面，西边是腾格里大沙漠，东北是毛乌素大沙漠，南边是陕北黄土高原。这也是一块十分苦焦的地方。

千百年来，人类之所以能在这里繁衍、生生不息，并形成一定的人口规模和塞上明珠银川市，原因是境内有一条我们民族的母亲河流过。民谚中说："天下黄河富银川。"或曰："黄河百害，唯富一套。"

甘肃和宁夏的年降水量都在二百毫米左右。

青海的情况就更糟一些了。荒凉的戈壁滩，一片连着一片，空气干燥得像要着火。海拔十分的高，令人头晕目眩，嘴唇发紫，喘不过气来。这里举目望去，满眼凄凉，像一片沉寂的死海。

我在青海的西宁待了三天。这里紧靠兰州，海拔不算高，据说是两千四百米。但是我们一行七人中，有三个病倒了，作家周涛大病不起，一吃东西就呕吐，于是只好坐飞机匆匆返回乌鲁木齐。我们原来还准备去格尔木，去玉树果洛，去阿里高原，后来只好作罢，那里才真正地进入高海拔地区。

青海的降雨量是一百毫米多一点。哪有雨水能到这里来呢？这天高皇帝远的地方，这中国历史上有名的古战场。

最极端的例子当然是新疆的罗布泊了。那里的年降雨量只有十五到十九毫米，也就是说，几乎等于零。新疆地质三大队在罗布泊找钾盐已经找了快十年了，十年中他们只遇到过一场雨，而这场雨的雨量仅仅能把汽车头上落的灰尘冲掉。不降雨倒也罢了，然而更要命的是，罗布泊的年蒸发量竟然高达两千毫米。在那块干旱的土地上，空中像有一个巨大的抽风机似的，将地面上的水榨干，将地下水越抽越低。所有的生命在这里都不能幸免。如果你不幸走到这里，抽风机就会立即对着你猛吸，直到榨干水分为止。

这里说的是天上的水，下面再说一说地面上的水。

中国的两条最大的河流都发源于青海，那一块地面被称为“千山之祖，万水之源”，或被称为“山之父，水之母”。青海人自己则谦逊一些，将那里称为“中国水塔”，意即它的主要目的是为下游服务。

这两条河流一个流经北中国，一个流经南中国，哺育了这个多灾多难的民族。

大西北还有一些小的河流，这些河流后来都流入黄河，成为黄河的支流。只有两条河流不在此列，一条是塔里木河水系，它原来的终结湖是罗布泊，现在则为大西海子水库所截，在塔克拉玛干大沙漠中结束了自己的行程。另一条是额尔齐斯河水系。它收容了哈巴河、布尔津河等，从中国地图的西北角进入哈萨克斯坦，流入西伯利亚后它易名鄂毕河，然后流入北冰洋。

大西北境内的所有的河流，除额尔齐斯河还能在春潮泛滥季节，拥一河蔚蓝的河水，仪态万方地流过以外，其余的所有河流，都在变瘦变小，甚至成为季节河和潜流河，有的甚至完全干涸。

一九九八年的夏天，我在甘肃境内兜了好几个圈子。那一年没有大旱，只有一点小小的“伏旱”，结果我路经的所有河流，都已完全干涸。当你从一条丑陋的干河床经过时，你会有一种恐怖的感觉，你不明白这一带的人将如何生存。

记得在甘肃境内，我唯一看到的一条活着的河流是黄河。那是在兰州附近。一架高大的陈旧的木轮在转动着，红日西沉，黄河边的那一幕情景令人久久不能忘记。另一条还没有干涸的河流也叫湟河，它是黄河的一支支流，我是在甘青交界处见到的。

塔里木河的断流是一件叫人大大震惊的事情。自昆仑山发源，绕着塔克拉玛干大沙漠转了大半个圆，从一个叫阿拉干的地方注入罗布泊的塔里木河，由于二十世纪六十年代后期，兵团人在上游修筑大西海子水库，导致塔里木河断流，导致罗布泊干涸。此后，兵团人又连续在上游修筑大西海子二库、三库，导致塔里木河距离罗布泊越来越远，导致罗布泊成为死亡之海，成为地球生态严重恶化的极端例子。

在中国人的心目中，塔里木河也称为“母亲河”。塔里木河养育了新疆南疆一片片绿洲是一个原因，而更重要的原因是，两千年来在中国官方的权威解释中，塔里木河才是黄河的真正源头。解释这样说，塔里木河在注入罗布泊之后，水流从山的另一面流出来了，这流出的河流叫黄河。第一次带给我们这个解释的是出使西域的张骞，后来，历代王朝都尊重和延续这个解释。

最近看电视，“新闻联播”上说，二○○○年的一场大旱，是北方一百年来最大的一次旱情。在大旱中，新疆人将大西海子水库扒开，让塔里木河水向下游干河床流去。虽然这水流只流了一百多公里，便被干旱的塔克拉玛干大沙漠吸干，水流离罗布泊还有遥远的路程。但是，这条新闻还是让人为之一振。

罗布泊干涸了。罗布泊北面二百公里处的艾丁湖也已经干涸。大西北还有多少湖泊干涸了呢？没有统计过。

而那些尚未干涸的湖泊也正在走向干涸。比如青海湖。

青海湖的水面正在一年年缩小，青海湖的水深正在一年年变浅。在青海湖边，那位梳着许许多多根辫子的藏族牧羊姑娘告诉我，她小的时候，湖沿儿在她放牛的这个地方。

阿勒泰草原上的乌伦古湖前些年也几近干涸，好在兵团农十师人引来额尔齐斯河水灌入，使这座中国十大淡水湖之一的塞上明珠免于从大地上消失。

大西北地面上的水，还有什么水可以说一说的么？没有了！

下来再说一说地下水。

大西北的大部分地面，为一层或薄或厚的黄土所覆盖。这黄土不是在当地生成的，而是在遥远的年代里，大约一亿五千万年以前，从昆仑山上吹下来的满天黄尘，在这里囤积而成的。这决定了黄土层只是断层，地下水在黄土以下的岩石中。

有的高原上的黄土囤积达四五百米厚。换言之，也就是说，这地方如果要打井，得打四五百米深，才能打到水。

这就是为什么陕北高原、宁夏西海固地区、甘肃定西地区，一旦遇到旱灾，人畜饮水都成问题的原因。那地方或者根本无法打井，或者要打很深很深的井。

河谷和平原地带，地下水当然要浅得多了。

但这个“浅”，是几十年以前的事情了。现在随着地下水的大量开采，随着河床越拉越深，地下水是越来越深了。

记得我小时候在关中农村，我居住的那个村子离渭河有五百米远，那时河里一旦发水，井水立即变成浑浊的了，从而告诉人们地下水的水位确实和河水是相关的。那时的井，一个井最多十米深就行了，现在那样的土井，早就干得底朝天了。现在用的是机井，得三四十米深。

陕北的榆林地区位于毛乌素沙漠南沿，这里的治沙工程取得了辉煌的成就，被联合国誉为人类改造沙漠的一个杰出典范。榆林治沙的成功，主观的原因是这里的人民辛勤劳动的结果，客观的原因则是这里的地下水位离地表只有两三米。也就是说，扒开沙子，挖个坑，水就出来了。

而别的沙漠地带则不行，树木在那里根本无法成活，因为水位太低。还因为大部分都是盐碱水。

不过在世界最大的流动沙漠塔克拉玛干大沙漠，新疆水文地质队向我们报告了一个天大的好消息。

这片大漠下面，是一个淡水湖。它的储量相当于长江一年的流量。

这消息叫人振奋。以色列人在干旱的沙漠中成功地生产出了粮食。有淡水，有钾肥，有充足的光照，便可以进行无土栽植。这叫“以色列农业模式”。这个模式完全可以用到塔克拉玛干大沙漠。这里有地下水，抽出来就是了；这里的近旁是罗布泊，罗布泊有取之不竭的钾盐；而新疆的阳光更是灼灼烤人。

以上谈的是大西北的水资源，我们对天上的水，地面上的水和地下水，来了一通宏观的扫描。这番扫描所得出的结论令我们沮丧和恐慌，大西北的缺水已经到了如此严重的程度。

若说整个世界在闹水荒，整个中国在闹水荒，那么，大西北的水荒已经到了危及人类生存的地步。或者换言之,人类已经几乎在这块干地无法生存了。

查大西北各地的地方志,你会感慨地发现,大西北的历史,一半是饥饿史,一半是战争史。“天大旱,乡民易子而食”“城破,血流漂橹”之类的话,不绝于耳。

啥叫“易子而食”?就是人们饿得眼睛发绿,要吃人了,可是又不忍心吃自己的孩子,于是互相交换着吃孩子。

那是怎样的一幅悲惨图景呀!

这样的事情离我们并不遥远,它最近的发生是在一九二九年。发生在陕北,发生在甘肃陇东,志书上有记载的。

明朝崇祯年间的那一场大旱导致了斯巴达克式的陕北英雄李自成的揭竿而起。

一九二九年的那一场大旱,据说要严重过崇祯年间大旱。我查阅陕北各县县志,各县县志对那场大旱有着触目惊心的描写。可以说,革命在陕北的风行,刘志丹、谢子长组建红军武装,实行革命割据,与这场大旱有直接关系。

斯诺在《西行漫记》中,则记载了甘肃陇东大旱的恐怖情景。他引用的资料应当说是权威的,因为那是国民党官方报纸上的说法。资料说,在大旱中,甘肃境内人口死亡率达到六成到七成。

有一半以上的人口死亡了。我们能想见那赤地千里、饿殍遍野的恐怖景象。

一九二九年大旱中,陕西关中平原上,人口也大面积地死亡。前面提到的那个曾造就了八百里秦川沃野和帝王都西安的郑国渠,因为年久失修,也基本上不起什么作用了。因此这一带人死亡得更多,许多地方成为无人区。以致后来泾阳三原有一个县令,是山东人,于是从山东家乡唤来大批移民,以补秦地之空。这些移民还形成一个一个独立的山东庄子,散布在关中平原,渭河沿岸。

著名电影导演吴天明,著名电视节目主持人陈爱美,还有我的夫人,都是从这种山东庄子走出来的人。

后来有个水利专家叫李仪祉,留欧归国后主持修铁路,修桥梁,在这场大旱中又回到他的家乡来整修郑国渠。经过整修的郑国渠后来易名"泾惠渠",现在还是关中平原上最主要的灌溉设施。李仪祉的墓园在郑国渠渠首一个叫张家山的地方。

经历过一九二九年大旱的人,现在还有许多人活着。活着的老人们,一提起那一场西北大旱,都会谈虎色变。人们将那一场大旱叫作"民国十八年大年馑"。

一九九五年和一九九六年上半年,大西北地面有一年半的时间没有下雨。这样便就有了一场大旱。媒体报道说，这次大旱要超过一九二九年那场大旱。

所幸的是由于政府的呵护，群众的抗灾自救，这场大旱没有死人。

二○○○年，媒体说，中国的中西部遇到了一百年来最大的一次旱灾。这句话的潜台词是什么意思呢？我听明白了，它的意思是说，这场大旱要超过一九二九年和一九九六年那两场旱灾。

我居住在西安，西安这地方要好一点。我不知道东边的河南和西边的甘肃已经旱成什么样子了。前几天有个《南方周末》的记者到我家里来，他刚刚采访完河南的旱灾，告诉了我那里河流断流土地龟裂的情景。

今年春天刮过好多次的沙尘暴，且一次比一次猛烈，简直是飞沙走石，遮天蔽日。看来，北中国地面，的确干旱得厉害。

北方是悲哀的！悲哀的北方呀！

在这样恶劣的自然条件下，不要说进取、发展和积累财富这些字眼了，人类能够吃饱肚子，打发自己的一日三餐，能够不至于在一场接一场接踵而至的年馑面前饿死，能够延续香火，延续人种的生生不息，就是叹为奇观的事情了。

千年纪交之际，我曾经为报刊写过一篇《我为人类祝福》的文章。我说，在北方，生存本身就是一场苦难，每一个人一旦呱呱落地，他就肩负着一个苦涩而庄严的使命，这使命就是如何使自己活下去。

前一向，我到网站聊天室去过一次。当一位网友问我，是不是因西部大开发，我才写这些西部题材的作品时，我回答说“不是”。我说：“即便没有这个西部大开发，西部人也照样要活，西部的作家也照样要写作，是不是？”

而当另一位网友信口说出“西部太穷了”的话时，我有些恼怒。那时已经晚上八点了，我还没有吃饭，正饥肠辘辘。我说：“如果你是在打着饱嗝说这句话的话，那我将不能原谅你。当我从西部的土地上经过时，人类那苦难的然而又是英勇卓绝的生存斗争精神，总令我肃然起敬！”

我说的是真心话。我的感情是真实的感情。我还没有学会做作。

甘肃在水的问题上，先行了一步。他们前几年就搞了个很大的工程，好像是将洮河水引入干旱的定西地区，这工程好像叫大秦工程。我们去时，他们的另一项巨大水利工程正在实施。即打通祁连山，引来黑河水，进入金昌市。那个山洞已经打了好几年了，打洞子的工人告诉我们，还得再打三年，才能将祁连山打通。

一位叫陈明勇的年轻地质学家告诉我，在一亿五千万年以前，正如中国的东面有一座太平洋一样，在中国的西部亦有一座大洋，它的名字叫准噶尔大洋，现在的新疆的大部分，现在的中亚五国，那时正是这座大洋的洋底。后来大洋浓缩成海，叫蒲昌海，后来大海浓缩成湖泊，叫罗布泊。一九七二年，罗布泊完全干涸，变成现在的盐壳沙漠地貌。

大西北真的曾经有个海吗？

我们真的都曾经是海边的孩子吗？

望着莽莽苍苍的大西北，满目疮痍的大西北，干旱的大西北，“滴水贵如油”的大西北，我不敢想象。

今晚上让我做一个梦，梦一梦那曾经有过的大西北的海。

沧海万斛，余仅取一粟足矣！

感觉西安

西安这地方不欺生，操着天南地北各种口音的人，都可以极容易地融入西安的市井之中。通常，一场酒喝下来，彼此就成朋友了。我最近和一个开着一辆“琼”字牌小车的老板喝酒，他是湖北人，

在广州发了财，于是将公司搬到西安发展。他过去从未到过西安，现在待了个把月，感慨西安不愧是中国的西京，是中国的礼仪之邦，人都很和善，很容易接近，作为他，丝毫没有客居他乡的感觉。

我对他说，西安是十三朝古都，一部中华文明史，一大半就是在西安这地方书写的。历史上，西安就是一座风迎八方的城市。西安东西南北几十座城门，门户洞

开,日夜恭迎着八方来客。

古老的丝绸之路,它的这一头就在西安,而另一头则在世界各地。或在土耳其的伊斯坦布尔,或在荷兰的鹿特丹,或在欧洲,或在非洲。换言之,在那遥远的年代里,西安的触角是如此夸张地延伸至世界各地,这个与古罗马城并称的位于世界东端的大都市,昔日曾是如此的辉煌。丝绸之路被认为是世界历史中一条横贯亚、欧、非的重要的政治、经济、文化大动脉。

丝绸之路上过来的胡商,许多人在西安定居下来,以至于在西安北郊形成一个城中之城。

除了胡商之外,这个城中之城还居住着各国的使馆官员。

他们后来都融入了西安,成为西安人的一部分。

至后来,还有另外的一个城中之城。元时,大量的阿拉伯人涌入西安,并在这里居住下来,成为西安市民。他们形成了我们民族的一支——回族。他们占据着老西安城的四分之一地面,将居住的地方叫“回坊”。建清真寺,做礼拜。他们顽强地保留着自己的民族传统,给这古城增加了斑斓的色彩。

还有第三个城中之城,这就是 1938 年黄河花园口决口后，逃难到西安的河南难民。他们逐铁路线而定居，形成河南人的区域。他们反客为主，给西安地区的文化以重要的影响。老一点的西安人都会说河南话，可见这种影响的巨大。有一个电视剧叫《道北人》，就是反映这一批移民生活的。

类似西安这种极具包容性的，富有王者之气的城市，也许只有北京，只有南京能与之媲美。然而北京的文化积淀、南京的文化积淀，较之西安，又逊色许多了。

古人说："关西大汉，击节而起"，这"关西大汉"就是说的关中人。西安位于八百里秦川的中段，四面四座雄关，将这块渭河冲积而成的平原围定。据传在七千多年前的半坡人的时候，八百里秦川还有一片沼泽地，后来大禹治水，疏通了渭河流入黄河的交汇处，这片沼泽地才变成农耕地。秦的发祥地在甘肃的礼县，后来东迁，建都渭河边上的栎阳。咸阳原的地面高一些，后来随着秦的强盛，乃渡过渭河，在河对面建立象征长治久安的长安城。秦有个巨大的工程叫阿房宫，这阿房宫与长安城大约是有一些干系的。阿房宫东起临潼的骊山，西至咸阳城东的渭河边上，三百多里长，也就是说，一间挨一间的房子，横穿着整个长安城。长安城也许就是这样建立起来的。

沼泽地成为良田沃野，长安城成为一座锦绣繁华的都城，还得益于郑国渠的建设。

没有这一条阴差阳错的郑国渠，就没有八百里秦川沃野，就没有建在秦川沃野上的古都长安，甚至会没有秦统一六国这个故事。那一部中国历史，就得重写了。历史有时候真是一幕谐剧。

前面我谈到西安是中国的礼仪之邦，有人可能会不同意我的话，他们会从古书上翻出另一句古语，来反驳这句话。那句话叫“秦地古称虎狼之邦”。

这句反驳的话也是对的。“虎狼之邦”“虎狼之秦”这些话，秦二世亡之后，古人也一直说着。持这种说法的或许都是六国的后裔们吧！秦人剽悍，豪迈，性烈如火，看一看秦腔唱腔的慷慨悲凉，你就会知道秦人的性格。那一年上海女作家王安忆到陕西来，她说现在满世界都在寻找男子汉，想不到她在陕西，遇到的都是个顶个的男子汉，原来男子汉都躲到这里来了。

西安是礼仪之邦。西安周围有咸阳、宝鸡、渭南、铜川四座城市，作为它的卫星城。中国的周王朝就发源于宝鸡。我们民族延续到现在的大文化，都是在周朝形成雏形的。那一年评论家阎纲到山东去，山东人讲起先圣孔夫子，津津乐道，有自大状。阎先生说，孔夫子一生都在干一件事情，就是“克己复礼”，孔夫子复的这个“礼”，就是我们陕西那个地方的周制周仪周礼周乐呀！一句话说得四座肃然，山东朋友再也不自大了。

西安这个十三朝古都，自然留下许多的古都情结在内。辉煌不再，今天的西安在中国经济总格局中，已经几乎成为一个无足轻重的城市了，当年在皇城根上溜达的这些遗老遗少们，如今囊中羞涩，已经沦落为同样的无足轻重的人群了。这种深深的失落感存在于许多西安市民的心中。唯一能令他们自尊心和虚荣心得到保护的是那一份祖先的光荣。

江苏南京有个舜天队，陕西西安有个国力队，这两支甲 B 球队每一次碰面，无论是在西安，还是在南京，都会生出一些事情。吴亮在文章中说南京人有古都情结，其实西安人也有，而且更重。“老子当年曾经阔过！”这是他们聊以自慰的想法。在社会生活中，在经济大潮中，他们时时有一种被可能驱逐出局的危机感，而反映在足球上，他们明白，一旦输球，就有被驱逐出局，失去玩的权利的危机，所以他们焉能不急？！

国力在二〇〇一年冲上了甲A，老冤家舜天则还留在了甲B。陕西方面在开会时，为球迷闹事这件事而头疼。我当时说了一句话，我说我感慨至极，因为这叫胜利者的烦恼，我们终于有到甲A赛场玩一玩的权利了！但愿陕西的经济也能这样。我的话博得满堂喝彩。

西部大开发，西安理所当然地成为龙头，这是历史的原因和地理的原因形成的。上边说了那么多，这里就不多说了。地理的原因，则由于西安是中国的地理中心，西安是大西北五省区的经济文化中心。海平面的高度，珠峰的高度，是以西安北三十公里处泾阳县永乐店这个中国大地原点来测定的。“给我一个支点，我可以撬起地球！”这个支点在西安。而我们常说的北京时间，其实是陕西蒲城的时间。中国社科院国家授时中心就设在蒲城县西郊。最近三五年，我每年都要到西北五省区去转一转，深深感到，大西北的发展必须先激活西安，靠西安作为一个大都市来拉动。

作为一个西安人，我爱西安。这种感情，正如一首浪漫曲所唱到的那样：假如让我重新降生一次，我仍然愿意降生在这块土地上。我爱这座城市的一切，甚至包括它的缺点。我从地上用脚一踢，随便地踢出一块砖，砖上有五个手指印，文物专家告诉我这叫“手印砖”，是唐朝的，那五个手印，是工匠做砖时印上的标记，像现在的商标。我走进饭馆，西安羊肉泡、兰州拉面、新疆拉条子，是我常吃常新的饭食。我走进临潼秦始皇兵马俑，站在那些俑人之中，感到每一个人都像我，大额颅、阔脸庞、虎背熊腰。

我出过一本书，名字叫《惊鸿一瞥》，副标题叫《作家高建群眼中的中国西部》。在这本书中，包括了我对西部大开发的积极思考，和对我眼中的西部现状的描写。西部大开发既是国人的事情，更是每一个西部人的事情，这本书就是我对西部大开发的深情关注。

西部经济论坛在西安开会时，陕西省政府办的《西部大开发》杂志约我写一篇文章，于是我写了《制约西部经济发展的五大因素》的文章。我说第一个制约因素是水；第二个制约因素是历史的原因、地理的原因、计划经济时代的原因而造成的西部贫困；第三个原因则是干部的保守、墨守旧规和不思进取；第四个原因是人的惰性；第五个原因则是投资环境问题。在文章中，我尽其所能，将自己的思考告诉给社会。

要把我对西安的感觉说出来，也许得写一本书，而不是这篇文章所能胜任的。我这里只是东鳞西爪，收罗了首先奔入我面前的一些感觉而已。而且由于身处其间的缘故，溢美之词肯定多一些，这一些都敬请读者辨断。

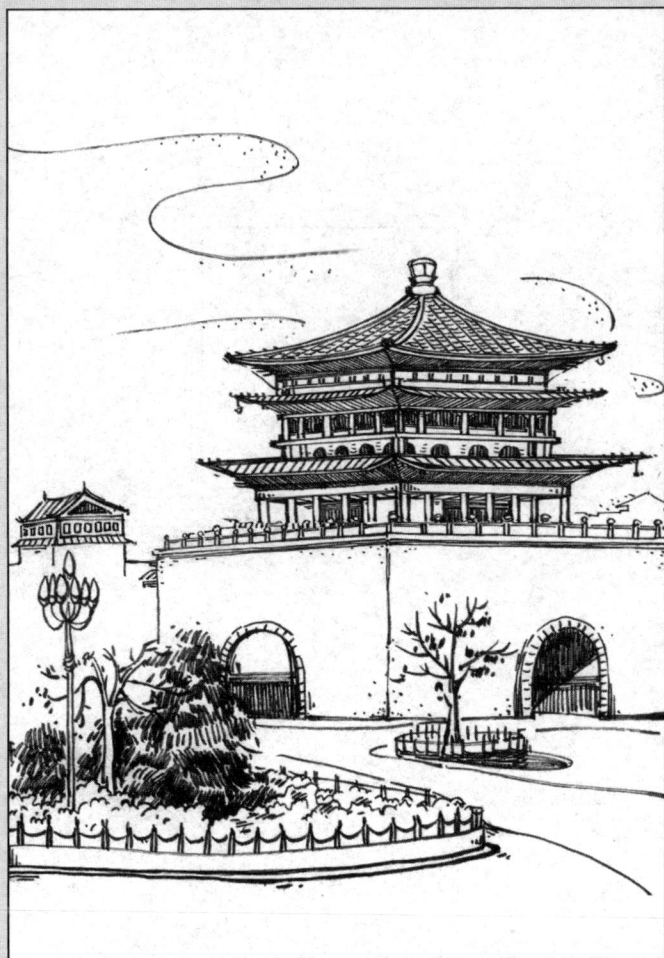

过临潼山搜两件奇事

临潼这地方很有名。克林顿到中国访问，第一站是西安。行前，人们问他知不知道西安，他说知道，西安有兵马俑，有西部电影。克林顿到西安后，看了兵马俑，又提出到兵马俑旁边的村子去看一看。那村子，如今建了个克林顿度假公寓，开业时我去过。

其实在没有兵马俑之前，临潼就是个有名的所在。比较著名的有临潼山十八王斗宝；有临潼山烽火台周幽王褒姒烽火戏诸侯；唐明皇杨贵妃这一对风流宝贝，更是给华清宫留下了许多的故事。近代，张杨两将军活捉蒋介石，策动西安事变，也是在这里。当然，没有隋唐时期秦琼秦叔宝临潼山救李渊，中国历史就是另一个样子了。

兵马俑的被发现，是一九七三年的事。其实，这地下有兵马俑，临潼人早就知道。比如我吧，我是临潼人，我就知道。一九六九年，我在新丰中学上学。到县城常从那片地面经过。那时这块地上，长了些白色的菅草，零七八落地栽着一些柿子树。当地的同学对我说，这块土地不长庄稼，我说那可以打井浇水啊！他们说打过井，挖到一丈左右的时候，就挖出些“窑爷”来，村上人吓坏了，赶快把井埋了。

这窑爷就是兵马俑，只是当时的人们不知道。这个“窑”，就是烧砖瓦用的窑，这窑爷，就是管砖瓦窑的神。兵马俑正是用砖瓦窑烧成的陶俑，这个说法，已经离兵马俑很近了。

还有人把那不叫“窑爷”，而叫“太岁”。太岁是民间传说中的一种邪恶和凶险的东西，有一句话就叫“敢在太岁头上动土”。据说，太岁会在地底下行走，挖到它时，看见了的人就会遭殃。所以老百姓们挖到兵马俑，想也不想，就把它埋了。

新丰镇也是个有名的地方。它距临潼城五十华里，兵马俑则在临潼与新丰的中间位置。王维诗“新丰美酒斗十千，咸阳游侠多少年。相逢意气为君饮，系马高楼垂柳边”，其中的新丰，说的就是这地方。

新丰原来的地名叫鸿门，正是楚汉相争时，西楚霸王项羽设鸿门宴的地方。新丰镇的镇址就在如今的鸿门村。

新丰镇的得名,亦是来源于一件历史故事。

汉高祖刘邦是江苏丰县人。历史上“丰沛不分家”,因此说他是沛县人也对。起事之初,刘邦是丰县的一个混混无赖,在丰县混不下去了,于是跑到沛县。他在沛县起事,所以世称“沛公”。不过,他的老父亲和家人,都还在丰县居住。

刘邦在长安城坐了江山以后,把老父亲接来居住。老父亲住不惯,想回丰县老家去。皇帝到底是皇帝,他想了一个办法,即令人将丰县老家的那个村子,举村迁到鸿门这地方来。不但将人迁来,就是猪羊狗牛一应家畜,也都一同迁来。而村子的布局,房屋的结构,邻里之间的关系,也都按老村子的模样。据说,家畜们天黑以后回家时也都能认得主家的门,可见这仿造的逼真。

尔后,挑一个夜晚,刘邦将老父亲送到这村子来,哄他说这就是老家那村子。而父亲居住下来后,竟然也深信不疑。于是在这块环境中度过晚年。

这地方因此被叫成新丰镇。

临潼这地方,每一片秦砖汉瓦也许都能搜出一段历史传奇来。所以不敢铺开来讲。今日只说两件作罢。他日有了余兴,再侃不迟。

过泾阳搜三件奇事

我和西影厂几位编剧，在泾阳县的郑国渠纪念馆找了几个房间写剧本。郑国渠的由来，叫我惊讶。原来，这个与灵渠、都江堰并称的中国公元前三大水利工程之一，竟是这样来的，纯粹的一个历史悲喜剧而已。

战国时候，怯于秦的咄咄逼人的态势，与秦一河之隔的韩国，于是想出了一条“疲秦之计”。韩派了个水工叫郑国，到秦来游说，八百里秦川沃野，如果能再有一条渠道灌溉，那就旱涝保收了。秦始皇采纳了郑国的意见，于是让他选址。郑国经过一番踏勘，就将大坝的坝址选在泾河由高原注入平原的那个嵯峨山口，即我和朋友们如今站的这地方。

尔后，秦倾一国之财力，修这郑国渠。谁知修筑期间，韩那边有秦的内线来汇报说，这郑国渠的修筑，乃韩为了延缓秦的进攻，而使的“疲秦之计”。秦始皇听了大怒，要杀郑国，要驱逐秦地居住的六国人士。这时有个大夫叫李斯，为始皇帝上了个《谏逐客书》，陈以利害，才令秦始皇息了雷霆之怒，并同意郑国渠继续修建。

前后历经十六年，郑国渠修成，关中平原渭河北岸的几十万亩良田得以灌溉，秦于是空前地强大起来。司马迁在《史记》中说：“渠卒，八百里秦川成沃野，秦得以富强，遂灭六国。”司马迁在这里认为，秦亡六国，郑国渠是一个重要的原因。六国中，自然也有韩国了，对韩国来说，这真是一幕叫人哭笑不得的闹剧。

你看这个故事，这一条郑国渠的水流，改变了中国的历史。

第二件奇事是与吴宓先生墓不期而遇。吴先生是国学大师，他的名字早已鼓噪在耳，只是不知他是哪里人，归宿又如何。这一天，艳阳普照，大家说，远处北山底有个唐崇陵，咱们去看一看吧。后来上了几个高坡，过了一个叫云阳镇的所在，还没有到崇陵，却见路边有一大块空地，空地上竖着一些石人石马石碑石牌坊。向导说，这叫吴家寡妇牌坊。这牌坊是慈禧太后给立的。八国联军入京，慈禧太后仓皇西逃，到西安时，囊中羞涩，于是求到这安吴镇吴家寡妇门下。吴家寡妇也是个明白事理的人，慨然拿出十万两白银，用二十四骡子驮着，运到西安城，算是捐赠。

吴宓当是吴家寡妇的孙子吧。在陵园的东南角，有个圆状的土丘，孤零零地立在那里，像个蘑菇，土丘上用水泥封了个圆顶。墓旁孤寂、空寥、冷落极了。只有几棵白杨，孤孤立在那里。

向导说，这坟墓，是吴宓先生旅居海外的弟弟，专程回来为他修的。

记得回到西安以后，我问过一位吴宓研究专家，问吴宓先生对思想界的主要贡献是什么。这教授说，当一股潮流到来的时候，不是走在前面的激进分子正确，也不是走在后边的保守分子正确，而是走在中间的取中庸姿态的这一群人正确，这是吴先生对思想界的贡献，而他的这个思想被屡屡证明是正确的。

第三件奇事则是，在唐崇陵的入口处，我见到一块无字的碑。当地人说，这正是唐崇陵的石碑，那上面原来是有字的。土改时，一位分得了牛的农民，将这块石碑偷回家去给自己做了牛槽的槽底。牛的舌头舐了这么几十年，当人们重新发现这块墓碑时，字已经被舐没了，花岗石石碑上只是些牛舌头印了。

阿房宫未央宫大明宫凭吊

中国历史上三个强盛的王朝秦、汉、唐，都把它们的都城建在西安，而它们的议事大厅，秦是阿房宫，汉是未央宫，唐是大明宫。

阿房宫如今已经荡然无存，只在西安以西二十华里的阿房宫村旁边，留下一座约有五层楼房高的大土包。国务院在那里树碑勒石“国家重点保护文物——阿房宫遗址”字样。几年前我到那里去看过，土包上长满了酸枣树，几个阿房宫村的小姑娘，放学回来在那里摘酸枣。我只见到几位游客，是老年的日本人。

杜牧在《阿房宫赋》中说，阿房宫纵横百余里，这话不是夸张之辞，它确实是这么庞大。阿房宫的一头，在西安东五十华里的骊山秦始皇陵，另一头，则在西安西六十华里渭河边上的咸阳城畔，两个距离相加，这个穿越古长安城的偌大建筑，五步一台，十步一榭，确实绵延了百余里。

阿房宫村旁边的这个土堆，据说是阿房宫当年的门殿。这门殿当年是堆在土堆上的，好让秦始皇鸟瞰四方。后来楚人一炬，阿房成灰，那些木质建筑没有了，只这个土包留了下来。

当地的人说，阿房宫的本名叫“房宫”，即用无数房子连在一起的宫殿。由于秦王朝是从咸阳逐步向长安搬的，修筑期间，人们站在咸阳城上，向东一指，用陕西话说“阿——房宫”！叫着叫着，叫转了音，就叫成“阿房宫”了。

那演出过许多历史大剧的未央宫，如今也像阿房宫一样，从地面上彻底消失。阿房宫还留下一个土包，可以让后人凭吊和唏嘘，未央宫则什么也没有了，它如今成了一片农民的庄稼地。

考古工作者用洛阳铲往地下钻，钻出这未央宫的位置。然后又顺着那想象着的围墙，栽了一圈柏树。用此来警告当地农民，地表三尺之下不准动土。

我是在一个黄昏的时候，来这遗址凭吊未央宫的。在靠近道路的这一边，栽的是那种婀娜多姿的垂柳。垂

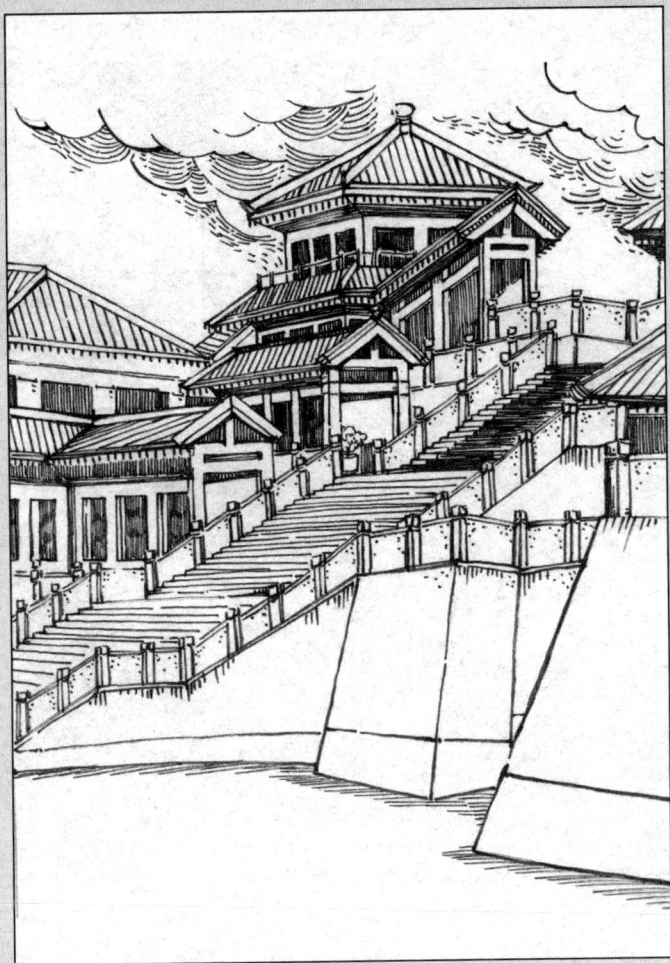

柳蓬松的头发，细而弯曲的腰身，让我想起这宫中曾出过一个叫“赵飞燕”的美人，并生出“岁月更迭，美人成灰，香魂今夜落谁家”的叹喟。

韩信大将军就是在未央宫被吕后杀死的。刘邦找了个托词避开了，于是吕后开始杀韩信。由于汉刘家当年拜韩信为将时，曾经许下个“天不见血，地不见血，铁器不见血”的承诺，所以吕后杀韩信时，天上盖着瞒天网，地上铺着遮地毡，那捅向韩信的，则是一把木刀。秦腔古老唱本中，有这出戏，“天上”“地下”那两句话，是唱本里的词儿。

说起大明宫，我家就在大明宫的遗址上。现在我写这篇文章的时候，从阳台上望去，东边不远的地方就是大明宫的正殿麟德殿。此刻它正沐浴在一片春天的阳光中。

大明宫仅存的遗址，就是这座麟德殿。麟德殿实际上也已经被烧毁，是今人从劫后余灰中，刨出当年用来垫柱子的石础，才令今人想象出当年大殿的规模。这石础如今裸露在地面上。据说日本人要出资修这麟德殿，因为日本人一直固执地认为，光艳千年的肥女人杨贵妃并没有在马嵬坡前自缢，而是乘桴浮于海，东渡日本去了。

大明宫除这个麟德殿外，剩下的地方也都是庄稼地。因为三尺之下不准动土，这地方起不成建筑，所以也只能年年种一料薄收的庄稼而已。

从麟德殿往南，一里路远的地方，有一片低洼地，据说那里就是当年大明宫的太液池，唐明皇与杨贵妃这一对风流宝贝夜夜泛舟的地方，低洼地的中间有一个土包，这是当年的湖心亭了。

武则天和太平公主的电视剧正在疯演，这些或真或虚的事情都发生在大明宫里。这里说一句题外的话，武则天戴发修行当尼姑的那个感业寺，在大明宫正西约四十华里处，位于汉长安城的围墙外边。那地方我几年前去的时候是感业寺小学，而今西安市据说已将小学迁出，要重修感业寺。以大明宫与感业寺的距离，当年李治与武媚娘幽会一次，算上来回的路程，算上缠绵的时间，一次恐怕得一天的时间了。

感谢生活，它慷慨地给予了我这么多

我在死亡之海罗布泊待了十三天，即从一九九八年九月十九日进去，到十月一日出来。我待的地方，是罗布泊最深处，地质学上叫它罗布泊古湖盆。这地方当是罗布泊最后干涸之地。

较之我之前去的那两位或曰先行者，或曰先踪者，或曰死亡者，我都进入得更深。

先行的地质学家彭加木，他失踪的位置还没有到古湖盆，只是即达古湖盆边缘的沙丘，红柳、芦苇、芨芨草地貌，罗布泊号称有六十泉，他是去寻找泉水而失踪的。他的考察团队是从马兰原子弹基地方向进入的。

另一位先行者探险家余纯顺，则是从南疆的若羌方向，沿孔雀扣古河道进入，他只走到古湖盆边缘就迷了路，然后心脏病猝发而死。

其实余纯顺在出发之前，身体已经不适，大约也有一种不祥的预感，只是，当时六十几家中外媒体云居若羌，宣传态势已经造成，你走也得走，不走也得走，余先生只好硬着头皮，背着行囊出发了。——我把角色演到谢幕。

那次罗布泊之行，我跟着的是央视的一个摄制组，摄制组则跟着前往罗布泊探取钾盐矿的新疆地质三大队。这就是我的腿长，能走那么远那么深的原因。

我们在一个雅丹下面，支起帐篷，开起炉灶，一同来的一辆拉水车停在那里，就这样开始了十三天的停驻。

罗布泊古湖盆其实是由一层十三米到十八米盐壳板结成的硬壳，硬壳下面是几百米深的卤水。那盐壳就像坟堆一样，拥拥挤挤直铺天际。

我们的正南面，雾气腾腾处，当是那有名的楼兰古城遗址。正东面，是鬼气森森，千变万化的白龙堆雅丹，正西面，则是另一个同样有名的龙城雅丹。

这地方没有生物，像月球表面一样。在十三天中，我们唯一见到的一个生物，是一种花翅膀的小苍蝇，它是靠汲取盐壳上的露水而活的。我们称它是伟大的苍蝇。

那次罗布泊之行，距今已经十六年了。十六年来我再也没有回去过。只是从电视上不断地看到消息，说那里的大型钾盐矿开采已初具规模，说罗布镇已经建立（我想它应当建在我当年居住过的雅丹位置），说一条正式公路，已经从哈密穿越罗南洼地，通到罗布泊。

这期间，罗布泊钾盐公司曾经给我来过几次电话，要我回去讲一讲当年的事情。因为我那次见证了罗布泊钾盐矿第一口井的开掘，我还把作为样井标记的那个小木橛和三角旗作为纪念，带回我家中，它们现在正在我的书架上静静地待着。我得把它们带回去，交到矿业集团的展览馆去。可是说归说，我身子懒，重返罗布泊的事情，至今没有成行。

我的罗布泊的十三天，是终生难忘的十三天。它叫我远离尘嚣，用这个独特的罗布泊角度来重新看待和重新解释世界上的许多事情。罗布泊的十三天中，我做得最多的事情，是登上高高的雅丹，盘腿坐在那里，像一个得道高僧一样，看红日每天早晨从敦煌地面升起，在马兰地面落下。

我常常想，如果我的一生能分成两个阶段的话，那么，罗布泊之行是一个界分点。即我的罗布泊之行之前的阶段，与罗布泊之行之后的阶段。

前年的秋天，我曾重回过一次新疆。我在给一个景点题词时说，中亚细亚高原，它不但是中国的地理高度，也是中国的精神高度，每一个忙忙碌碌的现代人，他都有必要暂时地从琐碎和庸常中拨冗而出，来这里进行一次远行，洗涤灵魂，追求崇高！